KB248455

임영기 新무협 판타지 소설

FANTASTIC ORIENTAL HEROES

대사부 8

임영기 新무협 판타지 소설

초판 1쇄 찍은 날 § 2010년 7월 8일
초판 1쇄 펴낸 날 § 2010년 7월 14일

지은이 § 임영기
펴낸이 § 서경석

편집장 § 문혜영
편집 § 주소영

펴낸곳 § 도서출판 청어람
등록번호 § 제1081-1-89호
등록일자 § 1999. 5. 31
어람번호 § 제2-1947호

주소 § 경기도 부천시 원미구 심곡2동 163-2 서경B/D 3F (우) 420-822
전화 § 032-656-4452 팩스 § 032-656-4453
http://www.chungeoram.com
E-mail § chungeoram@chungeoram.com

ⓒ 임영기, 2009

ISBN 978-89-251-2222-9 04810
ISBN 978-89-251-2031-7 (세트)

대사부

大邪夫

FANTASTIC ORIENTAL HEROES

임영기 新무협 판타지 소설

8

폭풍전야(暴風前夜)

도서출판 청어람

目次

第七十八章
대정숙 수료

대사부

육 개월 후.

대정숙 역사상 이런 일은 단 한 차례도 없었다.

한 파벌에 속한 생도들이 한꺼번에 대정숙의 마지막 관문인 대정총본시에 응시를 한 것이다.

그리고 그들 모두가 보란 듯이 합격을 했다.

그뿐 아니라 그들 모두 만점으로 대정총본시에 합격했다.

그 파벌의 이름은 능소지다. 능소지의 기개세를 비롯하여 나운상, 담신기, 진운상, 손진, 유정, 유석, 서주동, 부옥령 등 아홉 명이 한날한시에 대정총본시에 응시하고 동시에 합격한 것이다.

　원래 시험이란 순서가 있어서 차례차례 치르기 때문에 동시에 합격을 한다는 것은 불가능한 일이었다.

　그렇지만 능소지의 아홉 명은 같은 시간에 시험에 응시했으며 같은 시간에 합격 통보를 받았다.

　그럴 수 있었던 것은 그들 아홉 명이 검진(劍陣)을 전개했기 때문이다.

　검진의 이름은 북두명왕검진(北斗明王劍陣)이다.

　예전에 기개세가 밤중에 몰래 쌍봉루에 가기 위해서 낙성검가를 빠져나올 때, 진운상 등 육대명왕을 따돌리려고 북두검법으로 검진을 만들어보라고 한 적이 있었다.

　기개세는 건성이었으나 육대명왕은 아니었다. 그들은 육대명왕이 된 후 주군으로부터 받은 첫 번째 명령이기에 검진을 만드는 일에 사력을 다했다.

　육대명왕 중에서 북두검법을 아는 사람은 아무도 없었다.

　그래서 그들은 낙성검가에 머무는 동안에는 기개세가 준 북두검법 검보(劍譜)를 읽고 해독하는 것으로 보냈다.

　이후 외박이 끝나고 대정숙에 돌아온 이후에는 북두검법에 있어서 거의 달인의 경지에 도달한 오통을 합류시켜 그에게 북두검법을 배웠다.

　검진을 만들고 또 나중에 전개를 하려면 북두검법을 필수적으로 배워야 하기 때문이다. 그러는 한편 검진을 만드는 일에 사력을 다했다.

기개세는 그 명령을 까맣게 잊고 있었는데, 넉 달이 지난 어느 날 육대명왕이 보여줄 것이 있다면서 그를 능소당의 연공실로 불렀다.

그리고는 기개세가 지켜보는 가운데 오통을 포함한 칠대명왕은 자신들이 넉 달 동안 만들고 익힌 검진을 최선을 다해서 펼쳐 보였다.

기개세는 적잖이 놀랐다.

칠대명왕의 검진이 너무도 훌륭하기 때문이 아니었다.

아니, 사실 그들의 검진은 보잘것없었다. 기개세가 보기에 허점투성이였다.

그 검진 안에 갇히면 일류고수 정도는 제압할 수 있을 정도의 수준이었다.

하지만 거기까지가 한계다. 그 이상의 절정고수라면 오히려 검진이 파훼되고 칠대명왕은 죽게 될 것이다.

기개세를 놀라게 한 것은, 자신이 까맣게 잊고 있는 명령을 칠대명왕이 끝내 완수했다는 사실이다.

또한 비록 완벽하지는 않지만, 검진에서 그들이 흘렸을 피와 땀을 발견할 수 있었다.

그래서 그들이 얼마나 노력했는지 알 수 있었다. 그 사실이 기개세를 놀라고 또 감탄하게 만들었다.

기개세는 칠대명왕의 검진을 본 이후 그것을 대대적으로 뜯어고쳤다.

그는 환골탈태와 벌모세수를 이루어 성체신뇌가 되었기 때문에 한 번 보는 것만으로 무엇이 허점이고 어디를 보완해야 하는지 훤하게 간파했다.

그런 그로서도 최대한 완벽한 검진을 만들기 위해서 열흘이라는 긴 시간을 투자해야 했다.

열흘 후. 그는 검진의 이름을 '북두명왕검진' 이라 짓고, 자신을 비롯하여 나운상과 담신기를 새롭게 가담시켜서 칠대명왕과 함께 도합 열 명이 검진을 전개했다.

그런데 기개세와 오통을 제외한 여덟 명은 검진을 전개하는 내내 실수를 연발했다.

한 가지 원인 때문이다. 검진이 너무도 완벽한 데 비해서 여덟 명은 북두검법이 아직 미숙하기 때문에 검진의 위력을 십분 발휘하지 못하는 것이다.

하지만 그 정도 이유는 아무런 문제가 되지 못했다. 두 달 후, 기개세를 비롯한 열 명은 북두명왕검진의 오성까지 완성을 했다.

물론 기개세와 오통은 완벽하지만 다른 여덟 명은 아직 북두검법을 십이성까지 연마하지 못했고, 또한 북두명왕검진의 제 위치에서의 역할을 완벽하게 익히지 못했다.

하지만 그 정도만으로도 그들 열 명은 동시에 대정총본시에 응시를 하고 함께 전개하여 열 명이 모두 한꺼번에 합격을 받아내기는 충분하고도 넘쳤다.

담신기는 아홉 달을 기다렸으며, 나운상은 여섯 달, 그리고 다른 여섯 명은 한 달을 더 기다려서 부옥령과 함께 열 명 모두가 대정총본시에 합격한 것이다.

능소지는 대정숙에서 무수한 신화를 남겼으나 마지막에 가장 큰 전설을 만들어냈다.

대정본전(大正本殿)은 대정숙의 최고 우두머리인 대정총장의 집무실이며 거처다.

내일이면 대정숙을 떠나게 되는 능소지의 아홉 명과 오통이 대정본전에 찾아왔다.

대정총장을 만나기 위해서다.

설사 대정숙의 장로라고 해도 대정총장을 아무 때나 만날 수 있는 것이 아니었다.

하물며 대정생도가 대정총장을 만나기를 요청해서 이루어졌던 전례는 대정숙 역사를 통틀어 다섯 차례도 되지 않았다.

기개세는 시간을 끌고 싶지 않았다. 그래서 정경장로 장가서를 대정총장에게 들여보냈다.

기개세 일행이 대정본전 편좌방에 들어가서 자리에 앉은 지 채 열 호흡도 지나기 전에 대정총장이 모습을 나타냈다.

대정총장은 청수한 사십대 중반의 나이에 눈처럼 흰 백의 장삼을 입었으며, 한 뼘 정도의 검은 수염을 길렀고, 마른 듯 훤칠한 체구와 키의 소유자였다.

인자하고 중후한 용모에 정기가 일렁이는 눈빛을 지녔다.

대정총장이 들어서는 즉시 기개세 일행은 자리에서 일어나 나란히 섰다.

대정총장은 장가서에게 기개세에 대한 말을 들었는지 흥분으로 얼굴이 벌겋게 상기된 채 급히 편좌방에 들어서자마자 나란히 서 있는 능소지의 열 명을 살펴보았다. 기개세, 아니, 천문주를 찾으려는 것이다.

그러다가 그의 시선이 딱 기개세에게 멈추었다.

옥골선풍의 용모와 초극(超克)하다 못해서 오히려 범속(凡俗)한 듯이 보이는 기개세를 심안(心眼)을 지니고 있는 대정총장이 알아보지 못할 리가 없었다.

대정총장은 곧장 기개세 앞으로 다가가 그 자리에 무릎을 꿇고 이마를 바닥에 댔다.

"소인 풍천(風天)이 천문주를 뵈옵니다."

대정총장이라면 만인이 우러르며 존경하는 신분이고, 정파를 통틀어 삼십 인 안에 꼽히는 거목이지만, 천문주 앞에서는 자신을 최대한 굽혀야만 한다. 그것이 무림의, 아니, 천하의 법도(法道)이다.

대정총장 풍천이 부복하자 능소지 친구들 중에서 가장 난감한 사람은 진운상과 오통이었다.

대정총장은 당금 소림사 장문인 혜각 선사와 같은 배분이었다.

즉, 그는 혜각 선사와 사형제지간으로서, 혜각 선사가 첫째이고 대정총장이 막내이며 법명은 '풍천'이다. 다만 그는 속가제자이기에 줄곧 무림에서 지냈다.

진운상은 혜각 선사의 속가제자이니 대정총장 풍천은 진운상에게 사숙이 된다.

그런데 버젓이 선 채 사숙의 절을 받고 있으니 당황해서 어쩔 줄 모르는 것은 당연했다.

오통은 현재 대정숙의 말단인 원앙전 전주의 신분이다. 그런 그가 풍천의 절을 받는 것은 황궁의 일개 병사가 황제의 절을 받는 것이나 다름이 없는 일이라서 어쩔 줄 모르고 당황하는 기색이 얼굴에 역력했다.

"일어나십시오."

기개세는 풍천의 어깨를 잡아 일으켰다.

"긴히 드릴 말씀이 있어서 찾아왔습니다."

"말씀을 낮추십시오. 감당하기 어렵습니다."

일어서긴 했으나 고개를 들지 못하는 풍천은 황송해서 어쩔 줄을 몰랐다.

기개세는 빙그레 미소 지었다.

"저는 아직 대정생도의 신분인데 어찌 대정총장께 무례를 범하겠습니까?"

그 말인즉 이곳을 수료하고 나면 아랫사람으로 대하겠다는 뜻이다.

그러자 비로소 풍천은 고개를 들었다. 하지만 온몸으로 자신이 아랫사람이라는 표시를 나타내는 것을 잊지 않았다.

그는 조심스럽게 기개세 얼굴을 바라보았다. 소림사는 물론 정파 전체에서도 알아주는 안목을 지니고 있는 그다.

기개세는 그가 자신을 살핀다는 사실을 알고 잠시 가만히 서 있었다. 대정총장에 대한 배려다.

기개세를 살피기에 바쁜 풍천은 그런 사실을 깨닫지 못하다가 시간이 흐름에 따라 눈에서 찬탄의 눈빛이 흘러나오고 입이 점점 크게 벌어졌다.

"오오……!"

그리고는 이 자리가 어딘지도 망각한 듯 기어코 탄성을 터뜨리고 만다.

그 광경을 보면서 장가서와 능소지 친구들은 빙그레 미소를 지었다.

기개세는 탁자 맞은편에 앉은 풍천을 보며 단도직입적으로 요구했다.

"대정신기패(大正神奇牌)를 제게 주십시오."

풍천은 두 번 생각할 것도 없이 고개를 숙였다.

"기꺼이 드리겠습니다."

대정신기패는 지난 백오십팔 년 동안 대정숙을 수료한 생도들, 즉 대정고수들을 모집하고 또 지휘할 수 있는 권한을 지닌 신패다.

하지만 대정숙이 설립된 지 백오십팔 년 동안 대정신기패는 단 한 차례도 사용된 적이 없었다. 그냥 존재하고만 있었을 뿐이다. 그럴 만한 일이 없었기 때문이다.

"대정고수의 수는 얼마나 됩니까?"

기개세의 물음에 풍천은 생각하지도 않고 즉시 대답했다.

"지난달까지 도합 육천오백삼십칠 명이었습니다."

그가 대정숙의 일을 얼마나 세심하게, 그리고 정확하게 꿰고 있는지 잘 보여주고 있는 대답이다.

"현재 생존해 있는 대정고수는 얼마나 됩니까?"

기개세가 그렇게 묻자 능소지 친구들은 풍천이 그것까지는 모를 것이라고 생각했다.

대정숙을 수료하고 나면 다들 뿔뿔이 흩어져서 제 갈 길을 갔을 텐데 그것을 어찌 안다는 말인가?

"대략 천오백삼십 명 정도입니다."

그러나 풍천은 그 물음 역시 즉시 대답했다.

대정숙에서 대정고수들의 행적을 세밀하게 추적, 조사하고 있음을 말해주는 대답이다.

기개세는 가볍게 고개를 끄덕였다.

"그들 천오백여 명은 큰 도움이 될 것입니다."

풍천의 얼굴에 긴장이 떠올랐다.

"대혈풍이 임박한 것입니까?"

　장가서가 정파의 무림맹 격인 천불지도에 속해 있는 것처럼, 풍천도 그곳 사람이다.

　천불지도에서도 무림의 정세와 변황의 준동에 대해서 촉각을 곤두세우고 있지만, 아직 이렇다 할 징후를 발견하지 못하고 있는 실정이었다.

　하지만 예로부터 천하에 대혈풍이 불어 닥치기 직전에 천검신문이 출현했었다. 그런 전례로 미루어 풍천이 조심스럽게 물은 것이다.

　"그렇습니다."

　"어… 딥니까?"

　풍천은 자신도 모르게 말을 더듬거렸다.

　"삼황사벌입니다."

　"아…….."

　그것은 풍천뿐만 아니라 장가서도 모르고 있던 사실이라서 두 사람 얼굴에 경악지색이 가득 떠올랐다.

　그들은 서로의 얼굴을 마주 보았다. 그런데 어째서 천불지도에서는 아무것도 알아내지 못했는가 하는 자책 어린 표정이며 눈빛이었다.

　몹시 긴장한 풍천은 마른침을 삼키고 나서 최대한 공손히 입을 열었다.

　"드릴 말씀이 있습니다."

　"경청하겠습니다."

풍천은 기개세 주위의 사람들을 보면서 곤란하다는 표정을 지어 보였다.

기개세는 빙그레 미소 지으면서 자신의 좌우에 서 있는 나운상과 담신기, 그리고 나머지 일곱 명을 차례로 가리키며 설명했다.

"이 둘은 천검사영이고, 다른 사람들은 저를 포함해서 팔대명왕입니다. 저의 분신이나 다름이 없으니 개의치 말고 말씀하십시오."

"천검사영, 팔대명왕."

풍천은 새삼스러운 표정으로 그들을 일일이 둘러보았다.

천검사영은 워낙 유명해서 익히 들었으나 팔대명왕이라는 명칭은 처음 듣는 이름이었다.

나운상과 담신기, 칠대명왕은 기개세가 자신들을 '분신' 이라고 하자 크게 감동하고 가슴이 한껏 부풀었다.

풍천은 한차례 심호흡을 한 후 말문을 열었다.

"정파에서는 오래전에 무림맹을 발족시켰습니다."

기개세는 풍천이 천불지도에 대해서 말하고 있는 것을 알았으나 잠자코 있었다.

풍천은 장가서가 기개세에게 천불지도에 대해서 이미 설명했다는 사실을 모르고 있는 것이 분명했다.

풍천은 간략하면서도 정확하게 천불지도에 대해서 일각에 걸쳐 설명했다.

그러는 동안에 장가서는 매우 고마운 표정으로 기개세를 쳐다보았다.

기개세가 천불지도에 대해서 알고 있으면서도 다시 한 번 듣는 것은 풍천과 장가서 둘 다 배려하는 것이다.

그것을 알기에 장가서는 고마운 마음이 들었다. 또한 기개세가 비록 십팔 세의 어린 나이지만 그런 포용력을 갖고 있다는 사실에 다시 한 번 감탄을 금치 못했다.

천불지도에 대해서 알고 있는 사람은 기개세와 나운상, 담신기뿐이다.

칠대명왕은 전혀 모르기 때문에 그들을 위해서 다시 한 번 듣는 것도 나쁘지 않은 일이다.

풍천은 설명을 마치고 난 후 반응을 살피려는 듯 기개세를 쳐다보았다.

기개세는 빙그레 미소 지었다.

"천불지도가 본 문을 돕는다면 큰 힘이 되겠군요."

풍천의 얼굴에 놀라움과 감격의 표정이 동시에 교차됐다. 기개세가 거두절미하고 천불지도에게 도와달라고 하는 것에 놀랐고, 정파가 무림맹 따위를 결성한 것에 대해서 불쾌하게 생각하지 않아서 감격한 것이다.

"조… 만간 자리를 마련하겠습니다."

풍천의 목소리가 가늘게 떨렸다. 그는 천하에 곧 닥쳐올 대혈풍에 천불지도가 도움이 되었으면 좋겠다는 뜻으로 말을 꺼낸 것인데, 기개세가 미리 도움을 청하니까 한시름을 덜게 되었다.

"부탁합니다."

기개세는 정중히 고개를 숙였다.

기개세 일행은 대정본전을 나섰다.

장가서는 일부러 밖에까지 따라 나와서 기개세에게 고개를 조아렸다.

"배려해 주셔서 고맙습니다."

기개세는 빙그레 미소 지었다.

"장로께서 지난 몇 달 동안 제게 베풀어주신 배려에 비하면 아무것도 아닙니다."

"아이쿠! 그따위 것을 배려라고 말씀하십니까?"

장가서는 황송한 표정으로 어쩔 줄 몰라 했다.

기개세도 짐짓 그의 행동을 따라 했다.

"어이구! 그렇다면 저의 그까짓 것도 배려가 아니로군요?"

"까르르! 왜 그렇게 웃겨요, 대가!"

나운상과 손진, 유정, 부옥령이 배를 잡으며 자지러질 듯이 웃고, 남자들도 너털웃음을 터뜨렸다.

장가서도 따라 껄껄 웃고 나서 기개세에게 정중히 포권을 해 보였다.

"삼황사벌이 얼마나 강한지는 모르겠으나, 천문주께서 반드시 토벌하시리라 믿습니다."

역대 천문주들이 얼마나 훌륭한지는 잘 모르지만, 장가서
가 보기에는 기개세가 그중에서 가장 훌륭할 것 같았다.

능소당이 오랜만에 활기에 넘쳤다.

이층 재당에 모인 능소지 친구들은 대정숙에서의 마지막
밤을 아쉬워하고 또 새 출발을 자축하면서 술자리를 벌이고
있는 중이다.

탁자에는 재당주 전봉여와 강화, 종화 등이 갖은 솜씨를 뽐
낸 수십 가지 요리가 그득하고, 이날을 위해서 일찌감치 차곡
차곡 준비한 갖가지 미주가 즐비했다.

오통은 오늘을 끝으로 대정숙을 그만둔다. 정파인 모두가
대정숙에서 일하는 것을 꿈꾸고 있지만 오통은 대정숙을 그
만두는 것이 더 이상 후련할 수가 없다.

이제부터야말로 다른 사람 눈치 안 보고 마음 놓고 기개세
곁에 머물 수 있기 때문이다.

"왓핫핫핫!"

"호호호홋!"

"깔깔깔깔!"

뿌우웅! 뿡뿡!

부우욱! 부지직!

능소당이 떠나갈 듯한 명랑한 웃음소리와 이곳을 측간으

로 오해할 듯한 방귀 소리가 난무하고 있다.

그런 왁자하게 시끄러운 와중에 너무도 슬픈 세 사람이 있다. 바로 전봉여와 강화, 종화, 재당의 세 여자다.

오늘 밤만 지나면 다시는 기개세와 능소지 친구들을 볼 수 없기 때문에 슬픔에 빠져 있는 것이다.

그녀들은 지금껏 많은 생도들을 겪어봤지만 기개세와 능소지 친구들처럼 특별하게 정을 나눈 생도는 없었다.

그래서 그들과 헤어지는 것이 마치 가족과 생이별을 하는 것처럼 괴로웠다.

기개세의 좌우에는 나운상과 손진이 앉아 있다. 나운상은 예나 지금이나 변함없이 기개세에게 기대고 안기면서 마치 연인처럼 굴었다.

하지만 손진은 몹시 긴장한 모습으로 뻣뻣하게 앉아서 이따금 부러운 눈빛으로 나운상을 바라볼 뿐이다.

손진은 원래도 숫기가 없어서 기개세에게 제대로 접근하지 못했다.

그런데 그가 천문주라는 사실을 알고 나서는 더욱 주눅이 들어 그와 눈길만 마주쳐도 돌덩이가 돼버리기 일쑤다.

지금도 어쩌다 보니까 기개세 옆에 앉는 행운을 잡았으나 그것을 조금도 활용하지 못하고 그저 돌부처인 양 앉아 있을 뿐이다.

문득 유쾌하게 웃던 기개세는 저만치 주방 입구에 옹기종

기 모여 앉아 있는 전봉여와 강화, 종화를 발견했다.

그는 그녀들이 왜 금방이라도 울 것 같은 슬픈 표정을 짓고 있는지 이유를 깨달았다.

"전 이모! 강화, 종화 누나! 이리 와!"

그가 부르자 세 여자는 힘없이 가까이 다가왔다.

그녀들의 기분을 아는지 모르는지 기개세는 연신 싱글벙글한 얼굴로 말했다.

"그동안 우리에게 잘해줘서 고마워."

"별말씀을. 소인들이야말로 유 상공 덕분에 고생하지 않고 즐거웠어요."

전봉여는 애써 미소를 지으며 손을 저었다.

"앞으로 어떻게 할 거야?"

"어떻게 하긴요. 소인들이야 위에서 가라는 대로 가야죠."

그렇게 말하는 전봉여나 강화, 종화의 눈에 눈물이 가득 차올랐다.

다시는 기개세 등을 못 본다는 현실이 성큼 눈앞으로 다가온 듯해서다.

기개세와 능소지 친구들이 수료하고 나면 능소당은 폐지될 것이다.

다른 파벌들은 후배들에 의해서 계속 운영되지만 능소지는 다른 생도들을 받아들이지 않았기 때문에 존속의 의미가 없는 것이다.

기개세는 빙그레 미소 지었다. 새로 생긴 버릇인 미소 짓는 모습은, 보는 사람이 눈이 부실 정도로 아름다웠다.

"세 사람에게 부탁이 하나 있어."

"말씀해 보세요. 유 상공 부탁이라면 소인들 머리카락으로 신발을 엮으라고 해도 기꺼이 해드리겠어요."

"신발은 필요없고, 세 사람, 나 따라 안 갈래?"

"……."

"나를 따라 낙성검가에 가서 지금처럼 우리에게 매일 맛있는 요리를 만들어줄 수 있겠어?"

"……."

세 여자는 화들짝 놀라는 표정을 지었다가 이후 아무 말도 하지 못했다.

다만 두 눈에 그렁그렁 고여 있던 눈물을 기어코 주르르 흘릴 뿐이다.

"왜 대답이 없어? 나 따라서 가는 게 싫다는… 흡!"

기개세는 말을 잇지 못했다. 앞에 서 있던 전봉여가 그를 덥석 가슴에 안아버렸기 때문이다.

뚱뚱한 체구의 전봉여는 아무 말도 하지 않고 기개세를 가슴에 안고 눈물을 흘리면서 그저 그의 머리만 하염없이 쓰다듬을 뿐이다.

그녀는 솥뚜껑만 한 젖가슴에 얼굴이 파묻혀서 숨이 막히는 기개세가 발버둥을 치던가 말던가 아랑곳하지 않았다.

새날이 밝았다.

대정숙에 입교한 지 딱 열한 달 만에 기개세는 대정숙을 수료하고 전문을 나섰다.

그날 수료한 생도는 기개세 일행 아홉 명 외에 세 명이 더 있었다. 하지만 그들 세 명은 모르는 사람이다.

전문 밖에는 많은 사람들이 이른 아침부터 모여서 기다리고 있었다.

낙성검가는 물론이고, 손진의 안휘성 벽검문에서 부모가 달려왔으며, 부옥령의 부모는 멀리 운남성에서 왔고, 서주동의 부모는 안휘성 남천문에서 손진의 부모와 함께 왔다.

아무도 오지 않은 사람은 진운상과 오통뿐이다. 진운상은 천애고아라서 올 사람이 없고, 오통의 부모는 작은 촌에서 무도관을 하는데 너무 멀고 험한 길이라 오통이 알리지 않아서 오지 않았다.

기개세 일행이 전문을 나서자 여기저기에서 많은 사람들이 자식들의 이름을 부르며 다가왔다.

낙성검가의 하여상과 유당환 부부는 이곳에 모인 가족 중에서 가장 기쁜 표정을 짓고 있었다.

그도 그럴 것이, 두 아들과 딸 하나, 세 자식이 한날한시에 대정숙을 수료했으니 그 기쁨을 대체 어디에 견주겠는가.

하여상은 기쁨의 눈물을 흘리면서 기개세와 유석, 유정을 번갈아 안아주었고, 유당환은 벙글벙글 웃으면서 그 광경을 바라보았다.

손진의 부모와 서주동의 부모는 함께 기다리고 있다가 자신들의 자식들이 전문을 나서는 것을 발견하고 옷자락을 휘날리면서 달려와 서로 부둥켜안았다.

기개세는 주변을 천천히 살펴보았다. 혹시 소옥군이 오지 않았나 하고 찾아보는 것이다.

소옥군은 꼭 열 달 만에 대정숙 전 과정을 수료하고 지난달에 떠났다.

소옥군의 모습이 보이지 않자 기개세의 눈에 설핏 서운함이 스쳤다.

소옥군이 올 것이라고는 기대하지 않았으나 막상 현실로 드러나자 솟구치는 서운함을 어쩌지 못했다.

그 대신 예상하지 않았던 다른 사람이 눈에 띄었다. 소옥군의 모친인 소효령이다.

그녀는 먼발치에 서서 이쪽을 바라보고 있다가 기개세와 눈이 마주치자 환하게 미소를 지었다.

넉 달 전 외박 때 기개세가 몰래 쌍봉루에 가려다가 혈룡궁의 암습을 받아 위험지경에 처했었는데, 그때 소효령이 부상을 입어가면서 기개세를 도와주었었다.

그 일을 계기로 기개세는 소효령을 같은 전각에 머물게 하고 또 서로 이름을 부르기로 하는 등 그녀와 친해지려고 많이 애를 썼었다.

하지만 그때 이후 기개세는 한 번도 외박을 나가지 않았기 때문에 그의 노력은 빛이 바래졌다.

"효령, 이리 와."

기개세가 이름을 부르며 손짓하자 소효령은 기다리고 있었다는 듯 쏜살같이 달려왔다.

"영아, 수료 축하해."

"고마워."

두 사람은 손을 맞잡고 반갑게 인사를 주고받았다.

그때 작은 소동이 벌어졌다. 손진과 서주동, 부옥령의 부모가 자식들을 데려가려 하고, 자식들은 가지 않겠다고 버티는 일이 벌어진 것이다.

손진과 서주동, 부옥령은 급히 기개세에게 다가와서 어떻게 하면 좋겠느냐고 의견을 물었다.

기개세는 간단하게 처리했다.

"부모님들을 모두 우리 집으로 모시도록."

손진과 서주동, 부옥령의 부모들은 아무것도 모른 채 단지 자식의 동료가 자신의 집으로 초대하는 것이라고만 생각하고 함께 낙성검가로 향했다.

"세아……."

한송연은 저 멀리 기개세의 모습을 보면서 하염없이 흐르는 눈물을 주체하지 못했다.

대정숙 전문으로부터 삼십여 장 정도 멀리 떨어진 어느 골목 어귀에 세 사람이 숨어서 눈만 살짝 내놓고 있었다.

그들은 다름 아닌 기무군과 한송연 부부, 그리고 조부인 기화종이다.

무창성 그 먼 곳에서 외아들인 기개세의 대정숙 수료를 축하해 주기 위해서 불원천리 달려왔다.

사실 소랑의 사부인 요미선 암향이 소랑에게 그동안의 경과를 보고하라는 서찰을 보내왔었다.

그래서 소랑은 기개세의 동향을 간략하게 적어서 요미선에게 서찰을 보냈다.

그런데 그것을 읽은 기무군 부부와 기화종이 기개세의 대정숙 수료를 알게 되어 부랴부랴 달려온 것이다.

물론 소랑은 기개세에 대한 자세한 언급은 하지 않았다. 단지 대정숙에서의 생활상과 경과만 간략하게 알려주었다.

기무군과 한송연은 아들을 먼발치에서 바라볼 수밖에 없다는 사실에 가슴이 미어지는 것만 같았다.

그렇지만 기개세가 양부모와 함께 있으니 나설 수가 없다. 괜히 지금 잘못 나섰다가는 기개세가 사파 출신이라는 사실이 백일하에 드러나서 대정숙 수료가 무효 처리될 수도 있기 때문이다.

이들 세 사람은 담 모퉁이 제일 아래쪽에 한송연이 앉았고,

기화종이 무릎을 굽힌 엉거주춤한 자세로 두 번째, 그리고 기무군이 서서 그 위에 계단처럼 차곡차곡한 모습으로, 담 모퉁이에 한쪽 눈만 내놓고 기개세를 바라보고 있었다.

"세아 저 녀석, 많이 변했구나."

기화종이 그런 말을 하지 않아도 기무군과 한송연은 아들이 일 년여 전에 비해서 몰라볼 정도로 많이 변한 것을 한눈에 알 수 있었다.

실로 기개세의 모습은 어디에 내놓아도 뭇 사람들의 시선을 사로잡을 정도로 헌앙한 미장부가 되었다.

예전의 기개세는 얼굴에서 장난기가 줄줄 흘러내렸으며, 비죽비죽 실없는 웃음을 매달고 다녔으며, 걸음걸이는 건들건들, 서 있을 때에도 그냥 서 있지 못하고 삐딱하거나 다리를 달달 떨어대며 불량하기 짝이 없었다.

그런데 지금 기개세는 예전의 그런 모습은 눈을 씻고 찾아도 찾아볼 수가 없다.

고개를 반듯하게 치켜들고, 허리는 꼿꼿했으며, 가슴과 어깨는 활짝 폈고, 얼굴에서는 은은한 빛이, 두 눈에서는 정기가 넘실거렸다. 또한 미소를 짓고 있는 모습은 눈이 부실 정도로 아름다웠다.

"저 아이가 정말 세아가 맞나요?"

한송연은 아까부터 흐르는 눈물을 자꾸만 닦으면서 아들을 보고 또 보며 그렇게 물었다.

“아닌 것 같은데?”

기무군이 뚱딴지같은 소리를 했다.

순진한 한송연은 눈을 동그랗게 뜨고 기개세를 다시 자세히 쳐다보았다.

“우리가… 사람을 잘못 본 건가요? 그래요?”

“저 녀석은 세아가 아니오. 기개세라는 이름 앞에 ‘훌륭한’ 이라는 말을 붙여야 하오. ‘훌륭한 기개세’. 음, 좋군.”

남편 기무군이 실없는 소리를 늘어놓아도 한송연은 한없이 좋기만 했다.

일 년여 만에 보는 천만금 같은 내 아들. 예전에는 속을 그렇게 썩여도 예쁘기만 했는데, 이젠 헌양미장부에 정기가 철철 넘치는 청년이 되었으니 이제 당장 죽는다고 해도 소원이 없다.

“나리를 뵈어요.”

그때 세 사람의 뒤에서 고즈넉한 여자의 목소리가 들렸다.

세 사람이 놀라서 뒤돌아보니 소랑이 다소곳이 서 있었다.

“넌 누구냐?”

기무군이 느닷없이 나타난 소랑을 보며 출수할 자세를 취하면서 대뜸 호통을 쳤다.

“너… 랑이니?”

그때 한송연이 소랑을 보며 조심스럽게 눈을 깜빡였다.

"네, 마님."

소랑은 방그레 미소를 지어 보였다. 그러나 그 모습은 그저 입술과 뺨을 씰룩이는 것에 불과했다.

소랑은 개봉성 정린장에서 탈출한 후에 간신히 목숨은 건졌으나 몸에 많은 흉터를 남겼다.

그나마 몸에 비하면 얼굴의 흉터는 적은 편이다. 몸에는 바늘을 찌를 틈이 없을 정도로 빼곡하게 흉터로 뒤덮여 있지만 얼굴에는 양쪽 뺨과 턱, 입 주변에 손톱만 한 흉터가 십여 개 더덕더덕 남아 있는 정도다.

그녀의 몸과 얼굴에 난 흉터는 모두 고문을 당할 때 피부를 조각조각 떼어낸 상처가 남긴 것이다.

그토록 귀엽고 예쁘던 소랑의 얼굴은 마치 군데군데 불에 덴 것처럼 벌건 흉터로 얼룩져 있었다.

그래서 원래의 용모는 완전히 사라져 버렸다. 그렇기 때문에 한송연이 그녀를 알아보지 못하는 것은 당연하다.

한송연은 소랑의 목소리를 듣고 긴가민가하는 마음으로 물어본 것이다.

"아이구, 랑아. 네 얼굴이 어떻게 된 게냐?"

한송연은 소랑에게 다가들며 두 손으로 그녀의 얼굴을 감싸면서 소스라치게 놀랐다.

"마님……."

"마님이 뭐냐? 예전처럼 이모라고 불러라."

"……."

죽음의 문턱에서도, 기개세를 다시 만나게 되었을 때에도 눈물을 보이지 않았던 소랑의 두 눈에 소르르 눈물이 가득 고여 들었다.

한송연의 진심 어린 놀라움과 걱정이 소랑의 작은 가슴을 쥐어짠 것이다.

"랑아, 무슨 일이 있었느냐?"

한송연은 소랑의 양 뺨을 감싼 손을 놓지 않으며, 그리고 조금 전하고는 다른 의미의 눈물을 쏟으면서 재차 물었다.

"마님, 저는 괜찮아요. 염려하지 마세요."

한송연은 소랑에게서 대답을 듣지 못할 것이라고 생각했다.

그러나 어쩌면 이 아이가 기개세를 보호하다가 이 지경이 됐을지도 모른다는 생각이 들었다. 그래서 가슴이 갈가리 찢어졌다.

"아이구! 랑아, 이 녀석아."

와락!

그래서 그녀는 냉가슴을 앓듯 소랑을 품에 끌어안고 자꾸만 등을 쓰다듬었다.

第七十九章

미친년

대사부

낙성검가는 오랜만에 많은 사람들로 활기에 넘쳤다.

가장 크고 거대한 전각인 낙성전 대전에서 성대한 연회가 벌어지고 있는 중이었다.

연회에는 낙성검가, 벽검문, 남천문, 운남 적하장(赤霞莊) 사람들이 참가했다.

물론 낙성검가는 기개세의 가족이고, 벽검문은 손진, 남천문은 서주동, 적하장은 부옥령의 가문이었다.

벽검문은 안휘성의 패자이기 때문에 손진의 부모가 삼십여 명이나 되는 고수들을 이끌고 왔으나 남천문, 적하장은 부모만 단출하게 왔다.

그것만 보더라도 벽검문이 안휘성에서 얼마나 대단한 위세를 떨치고 있는지 쉽사리 짐작할 수가 있다.

상석에는 주인인 낙성검가의 유당환, 하여상 부부가 앉았고, 좌우에는 벽검문과 남천문, 상석에서 마주 보이는 말석에는 적하장의 부옥령과 부모들이 좌정했다.

손진의 부친인 벽검신협(碧劍神俠) 손록(孫祿)은 오십오 세의 초로로서 일신에 푸른색의 벽의 장삼을 입고, 어깨에는 벽검문의 신물(信物)인 벽신검(碧神劍)을 멘 당당하고 중후한 모습이었다.

그는 워낙 인망이 두텁고 수양이 깊은 사람이라서 담담하게 미소를 지으며 술잔을 기울이고 있지만, 그가 이끌고 온 고수들은 그렇지 않았다.

벽검문은 무림팔대세가 중 하나다. 그 말은 구대문파에 버금가는 세력과 명성을 날리고 있다는 뜻이었다.

그에 비해서 낙성검가는 얼마 전까지만 해도 호북성 시골 구석에서 겨우 명맥이나 유지하던 작고 초라한 문파였다.

그런데도 낙성검가가 상석을 벽검문에 양보하지 않고 떡하니 차지하고 앉았기 때문에 벽검문 고수들, 즉 벽검고수들은 기분이 많이 언짢은 것이다.

하지만 그것을 눈치챈 벽검신협 손록이 전음으로 수하들에게 함부로 발작하지 말라고 주의를 주었기 때문에 겨우 분을 누르고 있었다.

손록은 다른 방, 문파를 방문하는 경우가 별로 없지만, 만약 방문하게 되면 으레 상석에 앉았지 다른 자리에 앉아본 적이 없었다.

그 반면에 벽검문 맞은편에 앉은 서주동의 남천문 부모는 기를 펴지 못하는 모습이었다.

그도 그럴 것이, 맞은편에 벽검신협 손록과 난다 긴다 하는 벽검고수들이 즐비하게 앉아 있기 때문에 위축이 될 수밖에 없는 것이다.

안휘성의 패자인 벽검문은 안휘성의 삼백여 방, 문파 위에 군림하고 있는데, 남천문은 그중 하나다.

그러니 벽검신협 손록이 아무리 편하게 지내라고 아량을 베풀어도 남천문 문주 부부가 기를 펴지 못하는 것은 너무도 당연했다.

더구나 남천문 자리에는 서주동과 부모 세 명만 달랑 앉아 있으니 더욱 쓸쓸해 보였다.

남천문만이 아니라 부옥령의 적하장 쪽도 형편은 마찬가지다. 그쪽도 부옥령과 부모 세 명만 나란히 앉아 있었다.

하지만 그들은 멀리 운남성에서 왔고 벽검문이나 낙성검가하고는 일면식이 없으며 이해관계도 얽혀 있지 않기 때문에 별로 개의치 않은 모습이었다.

더구나 자신들은 워낙 시골구석의 조그만 장원이라고 스스로 생각하기 때문에 그저 꿔다 놓은 보릿자루마냥 가만히

앉아서 이제 가문의 자랑거리가 된 부옥령을 어루만지는 것
만으로도 만족하다는 심정이다.

아니, 사실 부옥령의 부모는 지금 세상을 다 가진 기분이
다. 하나뿐인 아들 부옥령이 오 년여 만에 대정숙을 수료했으
니 이보다 기쁜 일이 어디에 있겠는가.

운남성을 통틀어도 대정숙을 수료한 사람, 즉 대정고수는
사십구 명에 불과하다.

그나마도 사십 명은 세월이 많이 흘러서 이미 고인이 됐으
니, 살아 있는 사람은 아홉 명뿐이다.

그런데 부옥령이 열 번째로 대정고수가 됐으니 바야흐로
운남성 시골의 부 씨 가문의 앞날은 대해처럼 창창하게 펼쳐
진 것이다.

그래서 그들은 다른 일에는 신경 쓰지 않고 부옥령을 쓰다
듬으며 기쁨을 한껏 누리기에 바빴다.

"헛헛헛!"

"호호홋!"

뿡! 뿌웅!

뽀보봉!

부전자전, 부창부수. 부부는 부옥령 양쪽에서 흡족하게 웃
으면서 연신 방귀를 뀌어댔다. 그중에서도 부옥령 부친의 방
귀 소리가 가장 우렁찼다.

그때 진운상이 일어나 기개세 쪽으로 와서 뭐라고 긴밀하

게 속삭였다.

그러자 유당환, 하여상 부부 좌우에 앉아 있던 기개세 일행은 자리에서 일어나 기개세와 나운상, 유석은 서주동네 자리에, 진운상과 담신기, 유정, 오통 등은 부옥령네 자리로 가서 앉았다. 그쪽 두 자리가 허전해 보여서 진운상이 배려한 것이다.

물론 단출했던 서주동과 부옥령네 가족은 크게 기뻐하고 고마워했다.

그러자 기분이 한껏 고조된 서주동이 자리에서 일어나 가볍게 헛기침을 했다.

좌중이 조용해지면서 모두들 서주동을 주시했다.

서주동의 갑작스런 행동에 부모는 바짝 긴장했다. 벽검문이 있는 곳에서 남천문은 한껏 자세를 낮추고 행동에 조심을 해야 하는데 아들의 돌발 행동에 놀란 것이다.

"이제부터 여러분에게 능소지를 소개하겠습니다."

서주동은 그렇게 서두를 꺼내더니 능소지에 대해서 차근차근 설명을 했다.

처음에 기개세의 제안으로 능소지를 만들게 된 동기부터, 능소지라는 이름을 손진이 지었다는 것, 부옥령이 합류하고 나운상과 담신기가 합류하여 오늘에 이르기까지의 과정을 막힘없이 청산유수로 설명했다.

원래 능소지에서 서주동은 별로 튀지도 나서지도 않는 사람인데 그에게 이런 면이 있다는 것을 능소지 친구들은 처음 알게 되었다.

"먼저 능소지의 발장인 낙성검가의 유석 대형(大兄)을 소개합니다!"

유석은 능소지에서 가장 나이가 많기 때문에 모두에게 대형이나 대가로 통했다.

유석이 일어나 정중히 포권하고 두루 예를 취하는 동안에 서주동이 유석에 대해서 설명을 했다.

그다음에 서주동은 손바닥으로 자신의 가슴을 가볍게 두드리고 나서 좌중에 두루 포권을 하며 말했다.

"그리고 저는 안휘성 남천문 출신으로 능소지의 숨은 일꾼이며 없어서는 안 될 중요한 인재입니다."

그가 자신을 한껏 자화자찬하면서 소개하자 좌중에 웃음소리가 가득했고, 능소지 친구들은 '와아! 옳소!' 함성을 지르면서 박수를 쳤다.

"다음은 담신기를 소개합니다."

그러자 부옥령네 자리에 앉아 있던 담신기가 벌떡 일어섰다. 서주동이 호명하면 자동적으로 일어나는 분위기가 조성되고 있었다.

"저 친구는 북경성 뇌룡문 출신이며 대정숙에서 팔세영웅의 발장으로 활약하다가 팔세영웅에서 대가리 노릇을 하는 것보다는 능소지에서 꼬랑지 노릇을 하는 편이 훨씬 낫다는 참으로 탁월한 깨우침을 얻은 후 능소지에 가입한 기특한 친구입니다."

"와핫핫핫! 정말 기특하군!"

"우핫핫핫! 아무렴! 팔세영웅 발장보다는 능소지에서 청소나 하는 편이 훨씬 낫지!"

"호호홋! 신기 오빠! 탁월한 선택이었어요!"

서주동의 재치있는 입담에 좌중에서는 박장대소가 터졌다.

그러나 그중에는 담신기의 신분 때문에 크게 놀란 사람들도 있었다.

특히 벽검신협 손록은 적잖이 놀라 담신기에게 직접 물었다.

"설마 자네 뇌룡도황 담 대협의 자제인가?"

"그렇습니다. 제가 장남입니다."

"오오… 저런……."

능소지를 아이들 장난처럼 여기던 손록이나 다른 사람들의 표정이 크게 변하기 시작했다.

"다음은 능소지의 유일한 스님인데도 불구하고 머리를 깎지 않겠다고 바득바득 우기고 있는 진운상을 소개합니다."

아마도 서주동은 나이순으로 소개를 하고 있는 듯했다.

이번에는 진운상이 벌떡 일어섰다.

"무림 말학 진운상이 여러 선배님들께 인사드립니다."

"저 친구는 소림 장문인 혜각 선사의 제자로서 많은 장점을 갖고 있으나 그중에서도 최고는 과묵하다는 사실입니다. 어느 정도인가 하면, 그가 지난 열한 달 동안 했던 말을 다 합쳐도, 능소지에서 가장 말이 많은 부옥령이 하루에 한 말보다 적다는 사실입니다.”

“와아아!”

“우핫핫핫!”

또다시 웃음이 터지고 배꼽을 잡는 사람, 바닥을 두드리는 사람 각양각색이다.

그러나 웃는 사람은 능소지 친구들과 유당환, 하여상 부부이고, 다른 사람들은 진운상이 혜각 선사의 제자라는 말에 놀라움을 금치 못했다.

“다음은, 사실 제가 남몰래 흠모하고 있는 나운상 소저를 소개하겠습니다.”

얼토당토않은 말에 나운상이 차갑게 서주동을 흘기면서 일어섰다.

그녀가 흘기거나 말거나 개의치 않고 서주동의 장황한 입담이 이어졌다.

“여러분, 나운상 소저를 일단 한번 보십시오. 무엇이 느껴지십니까?”

일어선 나운상은 적이 당황해서 그만두라고 서주동에게 손짓을 했으나 통할 리가 만무하다.

서 있는 나운상의 자태는 실로 천만 송이 꽃이 만개한 듯 눈부시게 아름다웠다.

그러나 천만 송이 꽃에 서리가 하얗게 내린 것처럼 희고도 싸늘함이 배어 있었다.

나운상을 처음 보는 사람들은 그녀의 미모에 홀려서 한동안 입을 열지 못했다.

그때 적하장의 장주이며 부옥령의 부친인 시골 촌로 같은 모습의 적하일검(赤霞一劍) 부윤발(扶允拔)이 반개한 눈으로 나운상의 미모를 감상하며 입을 열었다.

"몹시 아름다운 소저로군. 하늘에서 방금 하강한 선녀처럼 아름답네."

서주동이 손뼉을 쳤다.

짝!

"맞았습니다. 나운상 소저는 바로 천하이미 중의 한 명인 강북천봉입니다."

"오! 어쩐지……."

"아아! 역시……."

좌중 여기저기에서 격한 찬탄성이 터져 나왔다. 천하이미 중에 강북천봉을 이 자리에서 보게 될 줄은 몰랐다는 표정이며, 과연 소문이 명불허전이라는 찬탄이다.

아름다운 여자 앞에서는 명문대파고 남녀노소가 필요없다. 모두들 나운상을 주시하며 감탄을 금치 못했다.

그런데도 나운상은 전혀 부끄러워하거나 얼굴을 붉히지

않고 꼿꼿하게 서 있었다.

서주동은 부옥령의 부친 부윤발을 보면서 말을 이었다.

"나운상 소저가 하늘에서 방금 하강한 선녀처럼 아름답다는 아버님의 말씀은 맞는데 한 가지 모르시는 게 있습니다."

"그게 뭔가?"

모두의 의문을 대신하여 부윤발이 의아한 얼굴로 물었다.

서주동은 의미심장한 미소를 지으며 나운상을 힐끗 쳐다보았다.

"나운상 소저가 하늘에서 방금 하강한 선녀가 맞기는 한데, 서리를 뒤집어쓴 선녀입니다. 네."

"우핫핫핫핫!"

"깔깔깔깔깔! 아이고, 배야!"

"맞네! 맞아! 어쩐지 쳐다보는 눈이 시리더라니까."

좌중이 포복절도하면서 왁자하게 시끄러워졌다.

서주동이 활활 타는 불에 기름을 끼얹었다.

"선녀가 하늘에서 구름[雲]을 타고 내려오다가 서리[霜]를 뒤집어쓸 팔자라는 사실을 나운상 소저의 아버님께서 예견하고 작명을 하셨으니, 얼마나 대단하십니까?"

구름 '운'에 서리 '상', '운상'이라는 이름 풀이까지 그럴싸하게 하고 있는 서주동이었다.

나운상의 부친까지 들먹이는 익살에 좌중은 아예 거품을 물고 뒤집어졌다.

"그리고 한 가지 더."

서주동의 재담은 극으로 치닫고 있다. 그가 손가락 하나를 치켜세우자 나운상은 눈빛만으로 그를 죽일 듯이 하얗게 쏘아보았다.

여차하면 연회고 뭐고 당장 신형을 날려서 서주동의 목이라도 분질러 버릴 듯한 눈빛이었다.

그래도 서주동은 개의치 않았다. 그의 입과 혀는 바야흐로 날개와 바퀴를 달았다.

"나운상 소저가 천하이미라고 해도 절대로 그녀를 넘보지 마십시오. 이미 임자가 있는 몸입니다."

화들짝 놀란 나운상의 얼굴이 하얗게 변했다.

서주동의 쭉 뻗은 손이 기개세를 가리켰다.

"행운의 사내는 바로 우리 능소지의 희망 유영입니다."

기개세는 서주동의 부친 남천진검(南天振劍) 서화표(徐和豹)와 함께 술을 마시며 담소를 하다가 '오잉?' 하는 표정을 지으며 손가락으로 자신의 코를 가리켰다.

"지금 내 얘기 하는 거야?"

모두의 시선이 기개세에게 쏠리자 나운상은 기쁜 기색으로 얼굴이 발갛게 달아올랐다.

그녀는 여태껏 서주동을 죽일 것 같더니 이제는 더 이상 고마울 수 없다는 표정으로 그를 바라보았다.

자신과 기개세를 연인 관계라고 공식적으로 발표를 해주었기 때문이다.

서주동은 의미심장한 미소를 지으며 나운상에게 말했다.

"나운상 소저, 이제 자신의 소개를 하시죠?"

능소지 친구들은 모두 서로 하대를 하지만 유독 나운상에게만은 존대를 한다.

그것만으로도 그녀가 얼마나 깐깐하고 차가운 성격인지 여실히 알 수가 있다.

나운상은 포권을 하고 가볍게 허리를 굽혔다.

"소녀는 성검문의 나운상입니다."

어딘지 딱딱한 인사다.

"성검문……."

그러나 그녀의 소개에 좌중에는 또다시 탄성이 여기저기에서 흘러나왔다.

담신기의 뇌룡문에 이어서 성검문이 나왔다. 무림팔대세가가 두 번째로 나온 것이다.

그제야 사람들은 강북천봉이 성검문의 딸이라는 사실을 새삼스럽게 깨닫고 찬탄을 금치 못했다.

서주동의 주재로 능소지 친구들의 소개가 매끄럽게 이어지고 있었다.

부옥령과 손진, 유정 순서로 소개되고 나서 마지막으로 기개세가 일어섰다.

그즈음 벽검문과 남천문, 적하장 사람들은 더 이상 대정숙의 능소지라는 파벌을 가볍게 보지 못했다.

능소지에는 무림팔대세가 출신이 세 명에 소림 장문인의 제자까지 포함되어 있다.

그러므로 사람들은 장차 능소지 친구들이 강호에서 큰 활약을 할 것이라고 믿어 의심치 않았다.

서주동이 기개세를 맨 마지막에 소개한 데에는 그만한 이유가 있었다.

그는 우뚝 서 있는 기개세를 가리키며 눈이 부신 듯한 표정을 지었다.

"낙성검가의 유영입니다."

그에 대해서 아무것도 모르는 벽검문과 남천문, 적하장 사람들은 별 감흥 없이 기개세를 바라보았다.

그들은 기개세를 보면서 단지 천하에 짝을 찾아보기 어려울 정도로 준수한 미남자고 키가 훤칠하게 크며 온몸에서 정기가 일렁이고 있다는 정도로만 생각했다.

서주동의 여태까지 익살스럽던 말투가 정중하게 변했다.

"능소지 친구들 아홉 명이 있기까지는 유영이 있었기에 가능한 일이었습니다. 그가 없었더라면 우리는 아직도 대정숙에 남아 있을지도 모르고, 지금처럼 축복받는 존재가 되지도 못했을 것입니다."

　능소지 친구들의 표정이 엄숙해졌다. 서주동의 말을 부인하는 사람은 아무도 없었다.

　반면에 다른 사람들은 서주동이 대체 무슨 소리를 하는 것인지 영문을 알지 못했다.

　그런데 갑자기 서주동이 기개세를 향해 무릎을 꿇고 부복하면서 이마를 바닥에 대고 더 이상 경건할 수 없는 어조로 말했다.

　"이것은 은인이자 스승이며 주군께 드리는 절입니다. 감사합니다. 그리고 앞으로도 부디 잘 이끌어주십시오."

　그의 느닷없는 돌출 행동에 능소지 친구들을 제외한 모든 사람들이 깜짝 놀랐다.

　그러면서 그의 행동이 연회의 유흥을 위한 장난인지 아닌지 생각하느라 바빴다. 하지만 그렇게 보기에는 서주동의 언행이 너무도 진지했다.

　그런데 갑자기 다른 능소지 친구들이 우르르 일어서더니 일제히 기개세를 향해 부복하며 절을 올리는 것이 아닌가.

　그리고는 그들의 우렁찬 함성이 대전을 떨어 울렸다.

　"은혜에 감사드립니다!"

　대전에는 많은 사람들이 있었지만 그 순간만큼은 고요한 정적이 흘렀다.

　기개세 혼자 우뚝 서 있고, 능소지의 아홉 명이 각 방향에서 기개세를 향해 절을 올리고 있었다.

하여상과 유당환 부부는 눈물을 글썽였다. 아니, 하여상은 어느새 눈물을 펑펑 흘렸다.

자신들의 둘째 아들이 뛰어나다는 것은 익히 알고 있었으나 이 정도일 줄은 몰랐기에 마치 꿈을 꾸는 것만 같았다.

그때 부옥령의 적하장주 부부가 나란히 일어서더니 기개세를 향해 절을 올렸다.

"자식과 가문을 대신하여 감사드리네."

그들은 알고 있다. 부옥령이 서른일곱 차례나 임등 승급 시험에서 낙방을 한 후에 능소지에 가입하여 기개세의 도움으로 서른여덟 번째 응시에서 합격했다는 사실을.

어디 그뿐인가. 부옥령은 그 이후 매월 치른 승급 시험에서 한 차례도 낙방하지 않고 모두 합격했다.

또한 기개세를 비롯한 능소지 친구 전원이 부옥령과 함께 수료하기 위해서 한 달 동안이나 기다려 주었다는 사실까지 알고 있다.

부윤발은 아들 부옥령에게 적하장의 모든 명운(命運)을 맡기고 대정숙에 입교시켰었다.

그런 아들이 햇수로 장장 사 년여가 지나도록 첫 번째 관문인 임등 승급 시험조차 통과하지 못하자 부윤발은 머리를 싸매고 앓아누웠을 정도로 크게 상심했다.

그런데 아들이 기개세를 만난 이후 승승장구하여 이후 열 달 만에 대정숙을 수료했으니 어찌 기개세에게 절이 아니라 그보다 더한 것이라도 하지 못하겠는가.

"일어나십시오. 부모는 자식에게 절을 하는 것이 아닙니다."

기개세는 조용히 말하면서 일어나라는 시늉으로 손을 뻗어 위로 들어 올렸다.

부윤발 부부는 천천히 무릎과 허리를 펴고 일어섰다. 그런데 어찌 된 일인지 두 사람 얼굴에 혼비백산한 표정이 역력하게 떠올라 있었다.

사실 그들은 스스로 일어난 것이 아니다. 그들을 일으킨 것은 기개세가 은연중에 발출한 무형지기다.

기개세는 손으로 부윤발 부부를 일으키는 동작을 하면서 은연중에 공력을 발출했던 것이다.

기개세에게서 부윤발 부부의 거리는 자그마치 삼 장여다.

그 거리에서 허공섭물의 수법으로 작은 물체도 아닌 사람을, 그것도 두 명씩이나 일으켰으니 부윤발 부부가 혼비백산하는 것도 무리가 아니다.

부윤발은 자리에 앉을 생각도 하지 못한 채 경악지색으로 기개세를 쳐다보았다. 그러면서 속으로는 '과연! 과연!' 하면서 탄성을 연발했다.

하지만 부윤발 부부가 왜 그런 표정을 짓는지는 아무도 모르고 있다.

설마 기개세가 허공섭물의 수법을 발휘했을 줄은 상상도 못한 것이다.

능소지 친구들은 기개세가 넉 달여 전에 생사현관의 소통과 벌모세수, 환골탈태를 한꺼번에 이루었다는 사실을 모르기 때문에 그가 허공섭물의 신기를 전개했을 줄은 꿈에서조차 모르고 있다.

기개세가 기연을 성취한 사실은 그 당시에 현장에 있던 나운상과 담신기, 우지화, 소랑, 취의선당주 양보경만 알고 있을 뿐이다.

"모두 일어나라."

기개세의 담담한 말에 나운상과 담신기, 진운상, 유석, 유정, 오통이 일어났다가 자리에 앉았다.

그러나 손진과 서주동, 부옥령은 여전히 기개세를 향해 부복을 하고 있다.

그들 세 사람이 왜 그러는지는 그들 세 사람만 알 뿐이다.

"진아."

손록은 자신의 옆에서 부복의 자세를 취하고 있는 딸을 보며 그만 일어나라는 듯 나직이 불렀다. 그런데도 손진은 꼼짝도 하지 않았다.

그때 나운상과 담신기의 표정이 변했다. 손진 등이 왜 일어나지 않는 것인지 한발 늦게 간파한 것이다.

나운상이 싸늘하게 호통을 쳤다.

"세 사람, 당장 일어나라!"

그래도 세 사람은 요지부동 꼼짝도 하지 않았다. 겁이 많은 부옥령은 나운상의 호통에 움찔 몸을 떨었으나 이를 악물고 버텼다.

그때 손진이 이마를 바닥에 붙인 채 비장한 목소리로 말문을 열었다.

"가가, 부디 우리 벽검문을 거두어주세요."

그녀는 평소엔 기개세에게 반말을 하지만 지금은 때가 때이니만큼 존대를 했다.

그녀의 난데없는 말에 모두들 해연히 놀랐다. 그중에서도 가장 놀란 사람은 손록이다. 아니, 놀라다 못해서 어이가 없는 얼굴이다.

"이 아이가……."

손록은 딸의 장난이 심하다고 생각했다. 불쾌한 마음이 들기 전에 장난을 그만두게 하는 것이 좋겠다고 여겼다.

그런데 그때 손진의 말이 다시 이어졌다.

"가가께서 벽검문을 거두어주시기 전에는 절대로 일어나지 않겠어요."

장난으로 여기기엔 그녀의 목소리가 지나치게 간절했다.

그러자 서주동과 부옥령도 기다렸다는 듯이 입을 모아 간청했다.

"남천문을 휘하에 거두어주시기를 간청합니다."

"적하장은 비록 운남성 시골의 작은 문파지만 거두어만 주시면 목숨을 바쳐서 충성하겠습니다."

그들은 단지 '주군'이라는 호칭을 사용하지 않았을 뿐이지, 행동은 수하가 주군을, 종이 주인을 대하는 것이나 다름이 없었다.

남천문주 서화표와 적하장주 부윤발도 이것을 더 이상 장난으로만 여기지 않는 듯한 표정이다.

하지만 자식들의 행동이 너무도 진지해서 함부로 입을 열지 못하고 복잡하게 표정만 변할 뿐이다.

그렇지만 벽검문주 손록은 다르다. 벽검문은 무림팔대세가의 하나이며 안휘성의 패자다.

어찌 그런 벽검문을 일개 낙성검가의 차남에게 거두어달라고 애걸할 수가 있다는 말인가.

"장난 그만 하고 일어나라, 진아."

결국 손록은 진중한 목소리로 손진을 꾸짖었다.

그러나 손진은 부복한 채 꼼짝도 하지 않고 대답했다.

"아버님의 눈에는 소녀가 지금 장난을 하고 있는 것으로 보이시나요?"

"진아……."

손록은 놀랍고도 어이없다는 표정을 지었다. 예전의 손진은 부친에게 말대꾸라곤 모르던 딸이다.

“소녀는 지금 너무도 큰 모험을 하고 있어요. 소녀의 이런 행동은 어쩌면 가가에게 큰 폐가 될지도 몰라요. 그런데도 불구하고 지금 이 순간밖에는 기회가 없기 때문에 소녀가 가가에게서 축출될 각오를 하고 모험을 하는 거예요.”

평소의 아리잠직한 손진답지 않게 단호한 목소리고 행동이 아닐 수 없다.

하지만 과연 그녀는 시기적절하게 승부수를 던졌다. 기개세가 벽검문과 남천문, 적하장을 거두려면 자신의 신분을 밝혀야만 한다.

그의 신분을 비밀에 붙여야 한다는 사실을 잘 알고 있는 손진이 이 자리에서 금기를 깬 것이다.

하여상과 유당환 부부도 적잖이 놀란 표정이다. 기개세가 뛰어난 준재라는 사실은 익히 알고 있었으나, 손진 등이 벽검문 이하 세 문파를 거두어달라고 간청할 정도일 줄은 상상조차 하지 못했다.

그렇지만 기개세가 워낙 백무일실(百無一失) 완벽한 아들이라서 그저 지켜보기만 할 뿐이다.

부복한 세 사람을 제외한 좌중의 모든 사람의 시선이 기개세에게 집중됐다.

기개세의 얼굴에 난감한 표정이 드리워졌다. 일이 잘 풀리다가 갑자기 이상하게 꼬였기 때문이다.

그는 잠시 생각에 잠겼다. 대정숙을 수료했으니 이제부터 삼황사벌에 대한 대응을 조속히, 그리고 철저하게 진두지휘해야만 한다.

정린장 사건 이후 기개세의 명령으로 천검사호문이 삼황사벌에 대한 조사와 대응에 박차를 가했으나 그것으로 완벽하다고는 할 수가 없다.

어차피 천검신문은 조만간 세상에 드러나야 할 시기다. 지금 대전에서 벌어지고 있는 상황은, 그 시기가 조금 앞당겨졌다고 생각하면 편하다.

이윽고 마음의 결정을 내린 기개세는 손진과 부옥령, 서주동을 둘러보며 입을 열었다.

"너희가 이런 행동을 하는 데에는 그만한 책임이 따라야 할 것이다."

여전히 부복해 있는 세 사람의 몸이 움찔 떨렸다.

"너희 부친 세 분께 내 휘하에 들어올지 말지의 결정권을 드리도록 하겠다. 그리고 그 결정에 따라서 너희 셋의 거취도 결정하겠다."

일순 부복한 세 사람의 몸이 부르르 떨렸다.

기개세의 말인즉, 손록과 서화표, 부윤발 세 사람이 문파를 기개세 휘하에 들게 한다면 손진과 서주동, 부옥령을 그대로 곁에 두겠지만, 그 반대의 상황이라면 팔대명왕에서 축출하겠다는 뜻이다.

손진과 서주동, 부옥령 세 사람은 고개를 번쩍 들고 더없이 놀란 얼굴로 기개세를 쳐다보았다.

그러나 기개세는 담담한 표정으로 자리에 앉았다. 세상의 모든 일에는 공(功)과 과(過)가 있고, 득(得)과 실(失)이 따르는 법이다.

손진 등이 모험을 감행했으면, 실패했을 경우에 실이 따르는 것은 당연한 결과다.

이제 벽검문과 남천문, 적하장이 기개세의 휘하가 되느냐 마느냐, 손진과 서주동, 부옥령이 축출되느냐 마느냐의 여부는 부친들의 결정에 달렸다.

하지만 세 부친의 표정은 제각각 달랐다. 손록은 어이없다는 표정이고, 서화표는 충격을 받은 표정, 부윤발은 몹시 진중한 표정이다.

"아버지, 소자를 믿어주세요."

부옥령은 단지 그렇게만 말하고 나서는 뜨거운 눈빛으로 부친을 바라보았다.

부윤발은 아들의 얼굴을 물끄러미 응시했다. 부옥령은 응석을 많이 부리고 실수투성이에 여자 같은 용모와 성격 때문에 속을 많이 썩였었다.

하지만 아들이 '믿어달라'는 간곡한 말을 하는 것은 지금이 처음이다.

부윤발은 잠시 후에 마른침을 삼키더니 고개를 끄덕였다.

이윽고 그는 기개세를 향해 무릎을 꿇고서 머리를 조아리며 조용히 말문을 열었다.

"보잘것없는 적하장이지만 거두어주신다면 저를 비롯한 칠십여 문하 제자들은 목숨을 걸고 충성을 다할 것입니다."

손록 부부와 벽검고수들은 그 광경을 보면서 한결같이 '미쳤군'이라는 표정을 지었다.

그러나 서화표는 몹시 복잡한 표정으로 부윤발을 지켜보고 있었다.

기개세는 부윤발을 보며 담담히 고개를 끄덕였다.

"지금 이 시각으로 적하장을 거두겠다."

수하로 거두었으면 예절 따윈 접고 수하로서 대우하는 것이 기개세의 방식이다.

"명을 받듭니다."

부윤발은 더욱 깊이 고개를 조아리며 공손히 복명했다.

부옥령은 평생 처음 타인에게 부복하고 고개를 조아리는 부친을 보면서 고마움과 감격의 눈물을 비 오듯이 흘렸다.

반면에 손진과 서주동은 부러움의 눈길로 그 광경을 바라보았다.

서화표는 착잡한 얼굴로 아들 서주동을 쳐다보았다.

서주동은 지금이 자신과 가문의 일생일대의 중요한 순간이라고 절감했다.

그는 부친을 보며 정기 어린 눈빛으로 조용히 말했다.

"하나만 말씀드리겠습니다. 아버님 결정 여하에 따라서 머지않은 미래에 남천문은 벽검문과 어깨를 나란히 하거나 아니면 그들을 손아래에 둘 수 있습니다."

사람들은 서주동을 보면서 미쳤다고 생각했는데, 그의 말을 듣고서는 아예 그가 뭔가 지독한 귀신에 씌웠다는 생각밖에 들지 않았다.

남천문이 벽검문과 어깨를 나란히 하거나 손아래에 둘 수 있다니, 말이나 되는 소린가.

서화표는 아들에 대해서 많은 것을 알고 있고 또 굳게 믿고 있다. 그만큼 아들은 이날까지 속 한 번 썩이지 않고 올바르게 자라주었다.

그런데 서화표는 아들에 대해서 가장 신임하는 것이 있다. 그가 죽는 한이 있어도 거짓말을 하지 않는다는 사실이다.

하지만 남천문은 문하 제자가 삼백여 명에 이르는 중견 문파다. 서화표의 결정은 곧 삼백여 문하 제자들의 운명을 결정하는 것이나 같다.

서화표는 질끈 눈을 감았다. 머릿속에서 온갖 생각이 기다렸다는 듯이 아우성을 쳤다.

고개를 세차게 흔들었다. 아우성치던 것들이 흙탕물처럼 서로 뒤엉켜 버렸다.

지금은 아들의 소원을 들어주려는 얄팍한 생각으로 결정

을 해서는 안 된다.

문파의 사활이 걸린 일이다. 아들의 말을 장난으로 넘겨 일소에 부치면 그저 없었던 일이 되고 만다.

아들이 기개세에게서 버림을 받게 되고 큰 아픔을 겪겠지만, 문파가 잘못되는 것보다는 낫다.

하지만, 하지만 말이다. 아들의 말대로 남천문이 벽검문을 손아래 두는 것은 바라지도 않는다.

단지 어깨를 나란히 할 수만 있다면, 그래서 남천문 삼백오십여 년 대대로 벽검문에게 받았던 모멸과 굴종에서 벗어날 수만 있다면, 악마 아니라 그보다 더한 존재하고도 손을 잡을 수가 있다.

'아들을 믿는다.'

서화표는 어금니가 모조리 부러질 정도로 악물었다. 만약 이것이 잘못된 결정이라면, 남천문은 벽검문을 손아래 두려는 마음을 품었기에 벽검문의 분노를 피할 길이 없다. 그것은 남천문의 파멸을 뜻한다.

이윽고 서화표의 나직한 목소리가 대전을 가벼이 울렸다.

"남천문은 귀하의 휘하에 들 것을 천명합니다."

그 즉시 기개세의 명령이 이어졌다.

"남천문은 지체하지 말고 낙양성으로 이동하라."

"명을 받듭니다."

서화표는 공손히 이마를 바닥에 댔다.

그때 갑자기 손록이 벌떡 자리에서 일어났다.

손진은 화들짝 놀라 부친을 올려다보았다.

손록은 위엄 서린 표정으로 기개세를 보며 꾸짖었다.

"사람들을 불러놓고서 이게 대체 뭐 하는 짓인가? 장난이 도가 지나치네!"

"아버님!"

손진이 찢어지는 외침을 터뜨렸다. 그녀는 모든 사실을 부친에게 다 털어놓고 싶었다.

천검신문의 출현, 그리고 기개세가 전설의 천문주라는 것, 자신이 그의 휘하에 들어가서 팔대명왕이 되었다는 것, 벽검문이 천문주의 휘하에 들어가면 자손만대로 역사에 길이 남을 것이라는 사실 등을 이야기해 주고 싶었다.

하지만 부옥령과 서주동은 그 이야기를 하지 않고서도 부친들을 설득했다.

더구나 지금은 천검신문을 입에 올리지 않은 상태에서 부친을 설득하는 분위기다.

만약 그런 사실을 알고서도 천문주의 휘하가 되지 않을 사람이 천하에 누가 있겠는가.

세 사람이 똑같이 시험대에 올랐는데, 유독 손진의 부친만 틀어버린 것이다. 그러니 손진의 가슴은 그저 갈가리 찢어지는 것만 같았다.

"가자!"

손록은 더 들어볼 것도 없다는 듯 성큼성큼 대전 입구로 걸음을 옮겼다. 그러자 벽검고수들이 그 뒤를 따랐다.

"진아, 가자."

모친은 여전히 무릎을 꿇고 있는 손진을 일으키려고 부드럽게 달랬다.

너무 큰 충격에 머릿속이 하얘진 손진은 모친의 손을 거칠게 뿌리쳤다.

대전 입구에서 손록은 서화표를 쳐다보며 진중하게 말했다.

"서 문주, 지금 나를 따라서 안휘성으로 돌아간다면 지금까지의 일을 없던 것으로 여기겠소."

서화표는 앉은 채 정중히 포권을 해 보였다.

"먼 길, 살펴가시오."

꿈틀!

손록의 눈썹이 한순간 보기 싫게 꺾였으나 곧 평정을 되찾았다. 그것으로 남천문은 그의 심중에서 짓뭉개졌다.

그가 갈매기 날개처럼 구부러진 입술로 대전 입구를 막 나서려고 할 때 날카로운 외침이 터졌다.

"멈춰요!"

이미 눈물을 흘리고 있는 손진이 눈물 너머로 손록을 쏘아보면서 냉정하게 경고했다.

“그 문을 나서면 소녀하고는 남남이에요.”

순간 손록의 두 눈에서 확 거센 안광이 뿜어졌다. 딸의 무례함에 대한 분노였다.

그는 세 호흡 동안 손진을 쏘아보았다. 그사이에 그의 이글거리는 안광이 말했다.

'너야말로 지금 당장 아비를 따라 나오지 않으면 다시는 집에 발을 들여놓지 마라!'

마지막 손록이 몸을 돌리기 직전에 그가 본 손진의 눈빛은 이상했다.

간절함 외에도 무언가 말하려는 듯 크게 일렁이는 눈빛이다. 하지만 그것이 무엇을 뜻하는지 손록은 끝내 알아차리지 못하고 몸을 돌려 대전을 나갔다.

“크흐흑!”

정원을 성큼성큼 걸어가는 손록의 등 뒤로 손진의 가슴을 갈가리 찢는 듯한 울음소리가 터져 나왔다.

그리고 그는 또 들었다.

“주군이시여! 하늘을 눈앞에 두고도 알아보지 못하는 무지한 소녀의 아비를 용서하세요!”

절절하게 애원하는 목소리다. 손록은 딸의 그토록 비통한 목소리는 처음 들었다.

“주군! 제발 소녀를 버리지 마세요! 이제 소녀는 갈 곳이 없답니다!”

'미친년! 대정숙에 보내는 것이 아니었어!'

손록은 마음속에 조금 남아 있던 딸에 대한 미련을 아예 깡그리 씻어내고 낙성검가의 전문으로 향했다.

부인은 착잡한 표정으로 자꾸만 뒤돌아보면서 뒤따르고 있으나 손록은 한시바삐 낙성검가를 벗어나고 싶은 마음밖에 없었다.

第八十章

아비의 눈물

大夫郡

대사부

　그때 손록은 저만치 앞쪽에서 몇 사람이 빠른 걸음으로 마주 다가오는 것을 발견했다.

　그들이 누군지 확인한 순간 손록의 얼굴에 커다란 놀라움이 가득 떠올랐다.

　마주 오는 사람들이 가까이 다가오자 손록은 급히 포권하면서 깊숙이 허리를 굽혔다.

　“도 대협, 나 대협, 담 대협, 우 여협이 아니십니까? 벽검문의 손록이 인사드립니다.”

　손록 앞에 멈춰 선 사람은 도기운과 나궁조, 담무혁, 우지화 등 천검사신위였다.

그들은 즉시 낙성전으로 오라는 기개세의 전음을 듣고 가고 있는 중이다.

기개세는 천검사신위에게 천리전음(千里傳音)의 수법을 사용했으나 이들은 그가 근처에서 전음을 한 줄 알고 있었다.

"손제가 아닌가? 이곳엔 어쩐 일인가?"

평소 손록과 조금 안면이 있어서 호형호제하는 담무혁이 건성으로 아는 체를 했다.

벽검문이 안휘성에서 쩌렁한 패자라고는 하지만 천검사호문에 비하면 무림에서의 명성이나 세력 면에서 초라한 문파라고 할 수 있다.

무림팔대세가라고 해서 다 똑같은 것이 아니다. 예를 들어 태극문의 경우, 벽검문보다 사십 배 이상 거대한 세력을 지니고 있으며, 명성으로는 구대문파를 다 합친 것과 버금갈 정도이다.

무림팔대세가의 일위부터 사위까지가 천검사호문이다. 그 중 가장 규모가 작은 취봉문이라고 해도 벽검문보다 열 배 이상 거대한 세력을 지니고 있다.

담무혁의 물음에 손록은 자신이 낙성검가에 오게 된 이유와 자신의 딸의 행동이 갑자기 생각이 나서 불쾌함을 감출 수가 없었다.

"소제는 딸아이 때문에……."

담무혁이 손록의 말상대를 하느라 잠시 걸음을 멈춘 사이에 다른 세 사람은 빠른 걸음으로 낙성전을 향해 걸어갔다. 손록에게는 그저 슬쩍 눈길을 한차례 주었을 뿐이다.

그들이 무관심했다고 하더라도 손록으로선 불평할 처지가 아니다.

이들 네 사람을 이곳에서 잠깐 마주쳤다는 것 자체가 그에겐 크나큰 영광인 것이다.

"아, 그런가? 나는 바빠서 이만."

담무혁은 건성으로 고개를 끄덕이고는 급히 동료들 뒤를 따라갔다.

문득 손록은 이들 같은 거목이 한꺼번에 네 명씩이나 어째서 이런 곳에 나타난 것인지가 몹시 궁금해졌다.

"담 형님, 이곳에는 무슨 일로 오셨습니까?"

바삐 걷던 담무혁은 걸음을 멈추고 뒤돌아섰다. 우연찮게도 이곳에서 손록과 마주쳤기 때문에 마땅하게 둘러댈 말이 즉시 떠오르지 않았다.

"아… 대정숙 능소지 친구들이 수료했다고 해서… 축하해 주려고 왔네. 헛헛헛!"

그렇게 말하고 담무혁은 서둘러 낙성전으로 달려갔다.

"능소지의 수료를 축하해 주러… 당금 무림 최고의 거물들이 한꺼번에 네 명씩이나……."

어떤 불길함이 번갯불처럼 손록의 정수리에 내리꽂힌 것은 바로 그때다.

그는 망연한 표정으로 저 멀리 낙성전을 쳐다보았다. 도기운 등 네 사람이 빠른 걸음으로 낙성전 대전 입구 안으로 들어가고 있는 모습이 보였다.

바로 그때 조금 전에 울부짖듯이 외치던 딸의 말이 손록의 귓전을, 아니, 머릿속을 천둥처럼 울렸다.

"주군이시여! 하늘을 눈앞에 두고도 알아보지 못하는 무지한 소녀의 아비를 용서하세요!"

서화표와 부윤발 부부는 방금 들어선 네 사람, 즉 천검사신위가 누군지 알지 못했다.

아니, 그들을 알아보지 못하는 사람은 그들뿐만이 아니다. 하여상과 유당환 부부도 난생처음 보는 천검사신위의 출현에 적잖이 놀란 표정을 지었다.

자리에 앉아 있던 기개세가 일어나서 입구 안쪽에 나란히 서 있는 천검사신위에게 손짓을 했다.

"너희들은 부모님께 예를 갖추어라."

천검사신위는 기개세가 마침내 자신의 신분을 드러내기로 결심한 것을 깨달았다.

하여상, 유당환 부부는 소스라치게 놀랐다. 새파랗게 어린 기개세가 할아버지뻘인 도기운과 큰아버지뻘인 나궁조, 담무혁 등에게 거침없이 하대하면서 명령을 내렸기 때문이다.

"애야, 영아. 어른께 그게 무슨 망발이냐?"

평소에는 기개세를 철석같이 믿는 하여상이지만 지금은 너무 놀라고 어이가 없어서 그럴 경황이 없다.

그런데 천검사신위가 허리를 굽히고 고개를 숙인 채 나란히 조심스럽게 다가오자 하여상과 유당환 부부는 더욱 놀라 아예 기개세를 꾸짖을 엄두조차 내지 못했다.

하여상, 유당환 부부가 정신을 차리지 못하고 있을 때, 천검사신위는 그 앞에 나란히 늘어섰다. 그리고는 대표로 도기운이 공손히 입을 열었다.

"태군(太君), 태부인(太婦人)께 인사드립니다."

이어서 천검사신위는 그 자리에 공손히 부복하여 이마를 바닥에 대며 큰절을 올렸다.

그러나 하여상, 유당환 부부는 크게 당황하여 감히 절을 받지 못하고 황망히 일어나서 맞절을 하였다.

"이… 러지 마십시오. 이것은 예법에 어긋납니다."

도기운이 부복한 채 아뢰었다.

"아닙니다. 둘째 아드님께서 저희들의 주군이시니 두 분께서는 저희에게 태군과 태부인이 되십니다."

하여상, 유당환 부부는 기절초풍할 정도로 놀라서 기개세를 쳐다보았다.

"영아……."

기개세는 빙그레 미소를 지었다.

"이들의 말이 맞습니다. 이들은 소자의 수하들입니다."

그렇게 말하면서 기개세는 앞으로 놀랄 일이 더 있는데 하여상과 유당환이 어찌 감당할는지 걱정이 앞섰다.

"이분들이 네 수하라는……."

하여상 부부는 기개세가 거짓말을 하지 않는다는 사실을 알면서도 도무지 그의 말이 믿어지지 않았다.

기개세는 천천히 천검사신위 앞으로 걸어가서 멈춘 후에 하여상과 유당환을 향해 절을 올리며 나직하면서도 또렷하게 말했다.

"아버님, 어머님, 사실 소자는 제구대 천검신문의 문주, 즉 천문주로 선택되었습니다."

"……."

처음에 하여상과 유당환은 기개세가 하는 말을 제대로 알아듣지 못했다.

말은 제대로 알아들었으나 그 뜻이 너무도 엄청나서 이해하지 못했다고 하는 편이 맞다.

그리고 잠시 후에 하여상과 유당환의 얼굴이 새하얗게 탈색되었다.

"네… 네가… 전설의 천검신문의 천문주… 라는 말이냐?"

"그렇습니다."

넋이 나간 유당환 대신 하여상이 부들부들 떨면서 하는 물음에 기개세는 무릎을 꿇은 채 공손히 대답했다.

그로서는 어쩌면 양부모에게 무릎을 꿇는 것은 이것이 마지막일지도 모른다.

이후 그는 어느 누구에게도 무릎을 꿇지 않을 것이다. 아니, 꿇지 않아야 한다.

기개세는 고개를 들고 뒤쪽의 천검사신위를 가리켰다.

"이들은 천검신문을 호위하는 천검사신위이며, 태극문과 성검문, 뇌룡문, 취봉문이 천검사호문입니다."

엄청난 사실에 대전에는 질식할 듯한 적막이 흘렀다.

서화표 부부와 부윤발 부부는 혼절하기 직전의 표정이었다.

서주동과 부옥령은 그런 부모들의 손을 꼭 잡아주었다. 두 사람 얼굴에는 '정말 잘 결정하셨습니다, 아버님' 이라는 흐뭇한 표정이 떠올라 있었다.

이윽고 기개세는 천천히 일어나 천검사신위를 향해 돌아서 우뚝 섰다.

"도기운."

도기운은 이마를 바닥에 납작하게 붙였다.

"하명하십시오."

"낙성검가를 다섯 번째 천검호문(天劍護門)으로 정하겠다."

천검사신위는 기개세가 그럴 것이라는 사실을 짐작한 듯 조금도 놀라지 않았다.

아니, 설사 짐작하지 못했다고 해도 무조건 받아들여야 하는 절대 명령이었다.

“명을 받듭니다.”

도기운이 대답하자 기개세는 천천히 양부모를 향해 돌아서서 엄숙한 표정으로 입을 열었다.

“아버님, 어머님, 낙성검가가 천검신문의 호위 문파가 되는 것을 찬성하십니까?”

하여상과 유당환은 아직도 정신을 차리지 못하고 있다. 유당환은 아예 혼미한 상태고, 그나마 여장부인 하여상이 겨우 조금 정신을 차리고 있다.

그 약간의 정신으로 하여상은 급히 무릎을 꿇고 이마를 바닥에 붙이고 와들와들 떨리는 목소리로 대답했다.

“처… 천은(天恩)을 바… 받들겠습니다.”

하여상은 양아들 유영이 아닌 대천검신문 제구대 천문주에게 절을 하는 것이다.

아니, 절은 백번 천번 해도 상관이 없다. 이게 꿈인가 생시인가. 낙성검가가 천검호문이 되다니……

이어서 기개세는 서화표에게 명령했다.

“남천문은 뇌룡문 휘하에 들어간다.”

서화표 부부와 서주동은 즉시 기개세를 향해 부복하고 절을 올리며 입을 모아 웅혼하게 외쳤다.

“천명을 받듭니다!”

다음은 운남성 적하장 차례다. 운남무림에서 방, 문파의 순위를 정할 때에도 너무 작아서 예비 후보에도 들지 못했던 그 적하장이다.

"적하장은 성검문 휘하에 들어가라."

부윤발 부부와 부옥령이 일제히 부복하며 외쳤다.

"천명을 받듭니다!"

대자위동량(大者爲棟梁). 기개세는 인재들의 크고 작음을 꿰뚫어 보고 적시적소에 배치하고 있었다.

그 광경을 보면서 손진은 비 오듯이 눈물을 흘리고 있다. 그녀는 여전히 기개세를 향해 무릎을 꿇고 있으며 얼굴에는 비통한 표정이 가득했다.

'천검신문……'

손록의 얼굴이 새하얗게 질렸다.

털썩!

그는 낙성전 대전 입구 옆 벽에 등을 붙이고 있다가 주르르 그 자리에 주저앉았다.

도기운 등 거물들이 한꺼번에 낙성전으로 들어가는 것을 보고 뭔가 이상하다고 여긴 손록은 다시 돌아와 대전 바깥벽에 기대어 대전 안에서 흘러나오는 대화를 들었던 것이다.

딸 손진의 울부짖던 모습이 눈앞에 선하고, 기개세가 남천문과 적하장을 뇌룡문과 성검문 휘하에 두라고 명령하는 목소리가 귓전에 쟁쟁하게 울렸다.

'눈이 있어도 하늘을 알아보지 못하고…….'

손진이 그렇게 울부짖었을 때 알아차려야 했다.

서화표와 부윤발은 자식들이 그렇게 울부짖지 않았는데도 믿어주었다.

그런데 어째서 자신은 그토록 무지몽매했는지, 손록은 지금 당장 스스로의 머리를 바위에 부딪쳐서 죽어버리고만 싶은 심정이었다.

대전 안에서는 천검사신위와 낙성검가, 남천문, 적하장 사람들 사이의 개인적인 인사가 분주하게 오가고 있는 중이다.

하여상과 유당환은 차츰 안정을 되찾고 있었다. 하지만 완전히 제정신을 찾으려면 더 오랜 시간, 아니, 시일이 필요할 것이다.

그러기는 서화표와 부윤발도 마찬가지다. 그들은 반쯤 정신이 나간 상태에서 천검사신위와 인사를 하고 남천문과 적하장을 어떻게 할 것인지에 대해서 상의했다.

그렇게 왁자하고 화기애애한 분위기 속에서 손진은 혼자 무릎을 꿇고 고개를 푹 숙인 채 여전히 비통한 심정에 사로잡혀 있었다.

그녀는 한순간에 팔대명왕의 자리에서 외인(外人)으로 떨려 나버린 것이다.

그때 유석이 기개세에게 다가와서 옆에 앉더니 나직한 목소리로 입을 열었다.

"영아, 진아를 용서해 주는 것이 어떻겠느냐? 결정은 진아의 부친이 내린 것이지 그녀가 한 것이 아니지 않느냐?"

고개를 숙이고 있던 손진은 눈물범벅이 된 얼굴을 들어 유석을 바라보았다.

결과가 어찌 되든 그녀는 유석의 말이 너무도 고마웠고 큰 위로가 되었다.

기개세는 손진을 쳐다보지도 않은 채 대답했다.

"처음에 벽검문을 내 휘하로 거두는 문제를 거론한 것은 진아야."

그러므로 손진이 책임을 회피할 수 없다는 뜻이다.

유석은 측은한 표정으로 손진을 바라보았다. 기개세가 너무 완고해서 유석으로서는 손진을 도와줄 힘이 없었다.

이런 상황에서 손진이 기개세에게 가까이 다가와 간절한 모습으로 비나리라도 친다면 상황이 조금쯤 호전될 수도 있을 텐데, 융통성이 없는 그녀는 그저 묵묵히 눈물만 흘리고 있을 뿐이었다.

"진아를 이번 한 번만 용서하고 그 대신 엄한 벌을 내리면 안 될까?"

원래 정이 많은 유석은 손진을 이대로 떨쳐 낼 수는 없다는 생각에 다시 한 번 사정을 해보았다.

기개세는 대답하지 않고 술잔을 비운 후에 빈 잔을 유석에게 내밀고 술을 따라주었다.

유석은 술 한 잔을 받아 마시고는 쓸쓸한 얼굴로 제자리로 돌아갔다.

그때 대전 입구에서 누군가의 외침이 들려왔다.

"천문주시여! 소인이 눈이 어두워 하늘을 앞에 두고도 알아보지 못했습니다!"

사람들이 쳐다보자 놀랍게도 조금 전에 서슬이 퍼래서 대전을 뛰쳐나갔던 손록이 무릎과 두 손으로 엉금엉금 기어서 안으로 들어오고 있는 것이 아닌가.

그는 대전 안으로 일 장쯤 기어들어 와서 멈춘 후에 머리를 바닥에 쿵쿵 세게 찧었다.

"크흐흑! 어찌해야 소인의 우매한 죄를 씻을 수 있겠습니까? 부디 방법을 가르쳐 주십시오!"

그는 통한의 눈물을 흘리면서 쉬지 않고 이마를 바닥에 짓찧었다.

그렇지만 손진은 더할 수 없이 원망의 눈빛으로 그런 부친을 쏘아보았다.

이렇게 기어서 들어올 것을 어째서 그토록 큰소리 떵떵 치고 떠나갔느냐고 그녀의 눈빛이 꾸짖고 있었다.

"여기가 어디라고 행패냐? 물러가라!"

손록과 호형호제하는 담무혁이 벌떡 일어나서 쩌렁하게 호통을 쳤다.

　이마가 벌겋게 달아오른 손록은 굵은 눈물을 흘리면서 고개를 들어 기개세를 바라보며 간절히 애원했다.

　"소인을 용서하시는 것은 언감생심 바라지도 않습니다! 하지만 우매한 아비 때문에 딸아이가 천문주께 버림받는 것은 견딜 수가 없습니다! 저 아이는 아비를 용서하지 않을 것이고, 비참하게 일생을 살다가 죽어갈 것입니다! 부디 온정을 베푸소서!"

　방금까지만 해도 부친을 원망했던 손진은 그 말을 듣고 왈칵 뜨거운 눈물을 쏟았다.

　그 순간 손록이 오른손으로 번개같이 자신의 정수리 천령개(天靈蓋)를 찍어갔다.

　스스로 자결을 하여 딸만이라도 구하려는 아비가 택한 마지막 희생이었다.

　"아버님!"

　부친을 바라보고 있던 손진의 안색이 새하얗게 질려 찢어지는 비명을 질렀다.

　대전의 모든 사람들이 손록을 주시하고 있었기 때문에 그 광경을 생생하게 목격했다.

　하지만 본인이 자신의 머리를 때리는 것보다 더 빠른 수법으로 그것을 제지할 수는 없는 노릇이었다.

　손록의 얼굴에는 비장한 각오가 떠올라 있었다. 그의 행동은 워낙 갑작스럽고 빨라서 단지 겁만 주려는 거짓이 아니라 정말로 자결할 작정이라는 사실을 알 수 있었다.

손록 정도의 초일류고수가 주먹으로 자신의 머리를 때리면 그 즉시 박살이 나서 죽고 말 것이다. 그의 죽음은 피할 수 없을 것처럼 보였다.

뚝!

그런데 한순간 그의 주먹이 거짓말처럼 정지했다.

제 스스로 멈춘다고 해도 주먹이 정수리에서 불과 두 치 정도를 남겨놓은 상태에서 딱 멈출 수는 없을 터였다.

누구보다 놀란 사람은 손록 자신이다. 그는 눈을 부릅뜨고 주먹을 움직이려고 애를 써보지만 헛수고다. 주먹만이 아니라 오른팔 전체가 꼼짝도 하지 않았다. 마혈이 아니라 오른팔만 제압된 것이다.

그는 이곳에서 가장 고강한 도기운을 쳐다보았다. 그가 자신의 팔을 마비시켰을 것이라고 짐작한 것이다.

그러나 도기운은 얼굴 가득 놀란 표정을 떠올린 채 기개세를 쳐다보고 있었다.

손록의 고개가 기개세 쪽으로 향하다가 다음 순간 눈을 커다랗게 부릅떴다.

기개세가 자신을 향해 오른손을 쭉 뻗고 있는 것을 발견했기 때문이다.

기개세가 앉아 있는 곳에서 손록이 있는 곳까지의 거리는 무려 오 장여에 달했다.

그 먼 거리에서 손록의 손목과 팔꿈치, 어깨 세 군데 혈도를 동시에 정확하게 적중시켜서 팔을 마비시키는 수법은 지풍밖에 없다. 그것도 한꺼번에 세 줄기를 발출해야만 한다.

하지만 아무리 지풍이라고 해도 손록이 자신의 머리를 가격하는 것보다 더 빠를 수는 없다.

그렇다고 제지할 수 있는 방법이 전혀 없는 것은 아니다. 한 가지 있기는 하다.

방금 전에 기개세가 바로 그 수법을 전개한 것이 아닌가. 해서 도기운을 비롯한 천검사신위와 손록 등이 경악하는 얼굴로 그를 쳐다보고 있는 것이다.

'설마 이기어신이라는 말인가.'

의지로써 기를 일으키고, 정신으로써 사물을 조종한다는 무공, 아니, 무학 최고의 경지가 바로 이기어신이다.

천검사신위는 불신 어린 얼굴로 기개세를 쳐다보았다.

그러나 기개세는 아무 일 아니라는 듯 오른손을 거두면서 손록에게 말했다.

"나는 설사 하늘이 무너지는 한이 있어도 한 번 거둔 사람을 내치지 않는다."

손록의 얼굴에 참담함과 감격, 안도의 표정이 한꺼번에 복잡하게 떠올랐다.

손진은 그제야 깨달았다. 기개세는 처음부터 그녀를 버릴 생각이 없었다는 사실을.

"가가… 으흐흑!"

손진은 격렬한 감동 때문에 조금 전과는 다른 의미의 몸서리를 치면서 흐느껴 울었다.

기개세는 손록을 향해 가볍게 손을 흔들었다.

그러자 머리 위에 정지해 있던 손록의 팔이 세 군데 혈도가 동시에 풀려서 스르르 아래로 내려왔다.

이번에는 천검사신위와 손록을 비롯한 모든 사람이 기개세의 손동작을 똑똑히 보았다.

그렇지만 그의 손에서 무엇이 발출되었는지는 아무도 알아보지 못했다.

이기어신으로 발출된 무형지기이기 때문에 육안으로 보일 리가 없는 것이다.

'분명히 이기어신이다. 주군께서 도대체 어느새……'

천검사신위는 아연실색하면서도 기쁜 표정을 감추지 못했다.

여전히 무릎을 꿇고 있는 손록은 착잡한 표정으로 기개세를 바라보았다.

기개세는 천천히 일어나서 손록을 향해 정중히 포권하며 말했다.

"이제부터는 내 친구 진아의 부친으로서 모실 테니 안으로 드십시오."

결국 벽검문을 천검신문의 휘하로는 거두지 않겠다는 완

곡한 뜻이었다.

손록은 두 손으로 바닥을 짚은 채 참담한 표정으로 기개세를 바라보았다.

기개세는 포권을 풀고 천신처럼 우뚝 서서 그를 응시했다.

손록의 뒤쪽에는 부인과 벽검고수 삼십여 명이 도열해 있었는데 하나같이 착잡하기 이를 데 없는 표정들이었다.

손록은 피를 토하는 듯한 목소리로 물었다.

"소인이 어떻게 해야 용서를 해주시겠습니까?"

기개세는 빙그레 엷은 미소를 지었다.

"안휘성을 잘 지키십시오. 그러면 됩니다."

손록의 얼굴이 복잡하게 여러 차례 변했다.

기개세의 말뜻은, 벽검문이 천검신문의 휘하에 들지는 못하지만, 손록이 안휘성으로 돌아가서 그곳 삼백여 방, 문파들을 잘 단합시켜 삼황사벌의 침략으로부터 그 땅을 지켜내면, 그것이 바로 무림과 천하를 위하는 길이라는 뜻이다.

달리 말하면, 반드시 천검신문의 휘하가 되지 않더라도 천하를 위하는 길은 많다는 것이다.

기개세가 친구의 부친으로 모시겠다고 했으나 손록은 그 제의를 받아들일 만큼 뻔뻔스러운 인물이 아니다.

그는 비틀거리면서 일어섰다. 그러다가 문득 그의 시선이 서화표에게 향했다.

서주동의 말처럼 이제 남천문은 벽검문을 능가하는 명성

을 드날리게 될 것이고, 머지않아서 세력 또한 벽검문을 능가하게 될 터이다.

그것은 곧 남천문이 벽검문을 손아래에 두게 된다는 뜻이다.

순간의 잘못된 선택이 남천문과 벽검문의 운명을 완전히 극명하게 갈라놓았다.

서화표는 일어나서 손록을 향해 정중히 포권을 취하며 가볍게 고개를 숙였다. 조금도 교만하지 않고 우쭐거리지 않는 행동이다.

하지만 그것은 지난 삼백오십여 년 동안 벽검문 그늘에 가려져 있던 남천문의 문주로서 취하는 마지막 예우다.

언젠가 두 사람이 다시 만나게 될 때에는 아마도 손록이 먼저 포권을 하고 허리를 굽혀야 할 것이다.

손록은 서화표가 인사하는 것을 보면서 짧은 순간에 많은 사실을 깨달았다.

그동안 자신이 벽검문주로서 안휘성의 삼백여 방, 문파들에게 얼마나 횡포를 부렸었는가.

또한 그들 방, 문파에 알게 모르게 무수히 불이익을 주었을 것이며, 그들 위에 자신이 유아독존으로 군림하고 있었다는 사실을 깨닫게 되었다.

묘창해지일속(渺滄海之一粟). 손록은 더없이 넓은 바다에 자신이 한 알의 좁쌀처럼 작은 존재라는 사실을 이제야 비로소 깨달았다.

손록은 서화표에게서 시선을 거두고 기개세를 향해 공손히 포권하며 허리를 굽혔다.

"천명을 받듭니다."

그는 길게 말하지 않았다. 그래도 사람들은 그가 이후 안휘성을 결속시켜서 외세로부터 지켜내는 일에 혼신의 노력을 다할 것이라고 믿었다.

기개세는 마주 포권을 했다.

"부탁합니다."

그는 친구 손진의 부친에 대한 예우를 끝까지 저버리지 않았다.

손록은 마지막으로 손진을 쳐다보았다. 그의 얼굴에는 보통의 아비가 짓는 애잔한 표정이 떠올랐다.

"진아, 미안하구나."

그러나 손진은 부친을 쳐다보지 않았다. 미워서가 아니라 이제는 부친이 너무 측은해서 그를 보게 되면 눈물이 쏟아질 것 같았기 때문이다.

손록은 끝내 딸로부터 용서를 받지 못하고 그녀의 눈길을 받지 못한 채 몸을 돌려 일행을 이끌고 쓸쓸히 낙성검가를 떠났다.

第八十一章

귀여운 침입자

대사부

"이놈들이냐?"

낙성검가 자신의 연공실 석대 위에 가부좌를 틀고 앉아 있는 기개세는 앞쪽에 나란히 무릎이 꿇려 있는 두 사람을 굽어보며 싸늘하게 물었다.

"그렇습니다. 산서성(山西省) 양곡현(陽曲縣)의 도건문(刀乾門) 문주와 그의 아들입니다."

무릎이 꿇려 있는 두 명의 뒤쪽에 우뚝 서 있던 도격이 공손히 대답했다.

기개세의 옆에 서 있는 우림이 그들을 싸늘하게 굽어보며 말을 이었다.

"재작년 초 호북성 광화현 인근 산속에서 한 소년을 살해했다는 자백을 이놈 입으로 실토했습니다."

"죽일 놈들."

기개세는 도건문주와 그의 아들을 쏘아보며 이를 부드득 갈았다.

무릎 꿇은 두 명 중 이십오륙 세 정도의 청년, 즉 도건문주의 아들이 이 년 전에 낙성검가 근처 산속에서 낙성검가의 둘째 아들 유영을 죽인 흉수인 것이다.

기개세는 넉 달 전에 도격과 우림에게 낙성검가의 차남 유영이 죽은 시기와 장소, 그의 시신에서 발견된 상흔 등을 상세히 가르쳐 주고 나서 그런 초식을 사용하는 자를 붙잡아오라는 명령을 내렸었다. 물론 '유영'이라는 이름은 가르쳐 주지 않았다.

도격과 우림은 호북성 광화현을 중심으로 차근차근 범위를 넓혀가면서 이 잡듯이 샅샅이 조사하던 중에 지난달에야 비로소 흉수를 발견했고, 그를 제압해서 그 당시의 상황 일체를 자백받은 것이다.

"무엇 때문에 그를 죽였는지 이유나 들어보자."

기개세는 당장 쳐 죽이고 싶은 분노를 억누르며 도건문주의 아들 방주남(方周南)에게 물었다.

갸름한 얼굴 윤곽에 턱이 뾰족하고 입술이 얄팍하며 눈이 불쑥 튀어나온 눈딱부리인 방주남은 한 달 전에 도격에게 고문을 당할 때 입은 얼굴의 상처가 거의 아물어가고 있는 중이다.

방주남은 겁에 잔뜩 질린 표정으로 더듬거렸다.

"내가… 먼저 발… 견한 사슴을… 그놈이… 활을 쏴서… 잡았습니다. 우리가 사슴을 내놓으라고 하자… 그놈은… 사슴을 가져갈 바에는… 자기를 죽이라고 버텼… 습니다……."

기개세의 얼굴이 일그러졌다. 그 당시에 낙성검가의 식구들은 굶주리고 있었다.

유영이 잡은 사슴 한 마리면 식구들이 보름 이상은 배불리 먹을 수 있었을 것이다. 그렇기 때문에 그는 절대로 사슴을 포기할 수 없었던 것이다.

"정말 네가 먼저 사슴을 발견했느냐?"

하여상은 유영이 상냥하고 너그러우며 가족을 위해서 희생하고, 절대 거짓말을 하지 않는 성격이라고 말한 적이 있었다.

"정말입니다. 내가 먼저 발견했습니다."

"그렇다면 어째서 네가 먼저 사슴을 잡지 않았느냐?"

"그것은… 내가 활을 겨누었을 때 이미 그놈이 쏜 화살이 사슴의 목에 맞았습니다. 그리고 나는 거리가 너무 멀었기 때문에 활을 쏴도 맞출 자신이 없었습니다."

"거리가 얼마나 됐느냐?"

"대략 오십 장 정도."

"네가 죽인 사람은 사슴에게서 얼마나 떨어져 있었느냐?"

"시… 십오륙 장……."

기개세는 차분한 얼굴로 물었다.

"사슴을 발견한 직후에 취할 행동이 무엇이냐?"

"그야… 활에 화살을 메겨서 조준을 하고 쏘아야지요."

"네가 조준을 하려고 할 때 그가 쏜 화살이 사슴에게 적중됐다면, 그가 사슴을 먼저 발견한 것이 아니겠느냐?"

"……."

"네 말처럼 사슴을 발견한 후에 활에 화살을 메기고 조준을 하는 절차가 필요하다면 말이다."

"……."

방주남은 아무 말도 하지 못했다. 자신이 먼저 발견한 사슴을 유영이 가로챘기 때문에 그를 죽였다는 살해 동기는 사실 너무도 어이없는 것이었다.

그런데 이제는 그 어이없는 살해 동기마저도 거짓으로 드러난 것이다.

"크흐흑! 자, 잘못했습니다. 목숨만 살려주십시오."

갑자기 방주남은 그 자리에 납작하게 엎드리며 이마를 바닥에 쿵쿵 찧으면서 울부짖었다.

기개세는 굳게 입을 다문 채 싸늘하게 방주남을 쏘아보았다.

도격과 우림은 벌레 보듯 방주남을 쳐다보았다. 그들은 방주남이 죽인 사람이 유영이라는 사실을 모른다. 방주남이 자신이 죽인 사람이 누군지 모르기 때문이다.

기개세의 자세한 설명을 듣고 난 하여상과 유당환, 유석과 유정은 크게 놀라더니 곧 분노에 가득 찬 표정으로 방주남을 노려보았다.

실내에는 기개세와 낙성검가 가족들이 모여 있고, 그들 앞에 방주남 부자가 무릎이 꿇려져 있었다.

유정은 물론 평소에 후덕하고 너그러운 유석마저도 당장 방주남을 죽일 것처럼 얼굴에 살기가 넘쳤다.

하여상과 유당환도 서슬이 시퍼런 얼굴로 방주남을 쏘아보며 들끓는 살심을 주체하지 못했다.

이곳은 낙성검가 낙성전 지하의 석실이다. 기개세는 나운상과 담신기를 떼어놓고 들어왔기 때문에 이곳에서 벌어지는 일은 아무도 모른다.

그는 낙성검가의 가족에 얽힌 문제를 가족들끼리 해결하고 싶은 것이다.

그때 유정이 유당환을 보면서 피를 토하는 듯한 목소리로 외쳤다.

"아버님께서 이놈의 목을 잘라서 둘째 오빠의 원수를 갚도록 하세요!"

유당환의 이마와 목에 힘줄이 불끈거렸다.

"그다음에 이놈의 아비를 죽여서 자식을 잘못 가르친 죄를 물어야 해요!"

유석도 그녀의 의견에 전적으로 동감했다. 피의 빚은 피로 갚는다는 것이 강호의 법칙인 것이다. 그의 너그러움은 강호의 법칙 안에서 가능하다.

유정의 말에 모두들 동의하는 것인지 아무도 이의를 제기하지 않았다.

가족 모두 가슴이 아프지만, 유당환은 또 다른 이유로 마음이 아팠다.

자신이 주화입마를 입어 전신 마비가 되어 사경을 헤매는 동안에 낙성검가의 가세가 크게 기울었으며, 그로 인해서 유영이 광화현에서 막일을 하고, 산에서 나무를 해다 팔고, 사냥을 하는 등 가족을 먹여 살리다가 그런 처참한 횡액을 당했기 때문이다.

스릉!

유당환은 자신의 앞에 나란히 무릎을 꿇고 있는 방주남 부자를 쏘아보면서 천천히 어깨의 검을 뽑기 시작했다.

순간 육십여 세의 나이에 얼굴에 주름이 많고 마치 시골 촌로 같은 모습인 방주남의 부친 방도숙(方道肅)이 유당환을 보면서 애절하게 말했다.

"아들의 죄는 죽어 마땅합니다. 하지만 이 아이는 우리 가문의 삼대독자입니다. 부디 자비를 베풀어 이 아이 대신 저를 죽여주십시오."

"아버지……."

방주남은 크게 놀라 부친을 쳐다보았다.

방도숙은 아들을 무시하고 눈물을 흘리면서 애원했다.

"저는 환갑이 넘었으니 살 만큼 살았습니다. 그리고 아들을 잘못 가르친 죄가 크니 저를 죽여 한을 푸는 것이 이치에 맞지 않겠습니까?"

방주남이 눈물을 흘리면서 울부짖었다.

"아… 아닙니다! 아버지는 저 때문에 너무 많은 고생을 하셨는데… 이제 저로 인해서 돌아가시게 할 수는 없습니다. 저를 죽이십시오. 제발… 어서 죽여주십시오!"

두 사람이 서로 죽겠다고 하는 모습을 보면서 유당환의 표정이 크게 흔들렸다.

"그만 됐다."

그때 하여상이 착 가라앉은 목소리로 말문을 열었다.

유당환과 유석, 유정이 놀라서 하여상을 쳐다보았다.

하여상은 조금 전까지 지니고 있던 살기가 얼굴과 눈빛에서 완전히 사라진 상태다. 그 대신 훈훈한 자비로움이 그 자리를 메웠다.

"영아를 죽인 못된 놈은 방금 전에 죽었다."

"어머니……."

"여기에 있는 이 아이는 그저 아비 대신 죽으려고 하는 착한 한 명의 아들일 뿐이다."

하여상의 말은 모두의 가슴에 잔잔한 감동을 일으켰다. 낙성검가 가족이든 방씨 부자든 그녀의 말에 뼛속 깊은 곳까지 감동과 깨달음을 얻었다.

"태어나면서부터 악한 사람은 없다. 악인이라고 해도 깊이 뉘우치고, 앞으로 살아가면서 선행을 많이 베풀 것이 분명하다면 구태여 죽일 필요가 없다."

하여상은 그렇게 말하고 나서 방주남을 손수 일으켰다.

"너에게 벌을 내리겠다."

방주남은 흐르는 눈물 때문에 앞이 보이지 않았다.

"크흐흑… 어떤… 벌이라도… 받겠습니다. 죽으라고 하면… 죽겠습니다. 흐흑!"

"앞으로 살아가면서 되도록 많은 생명을 구해라. 그것이 너에게 내리는 벌이다."

"으흐흐흑!"

방주남은 말을 잇지 못하고 그 자리에 엎어져서 대성통곡을 했다.

그 모습을 보면서 낙성검가의 가족들은 복수를 했을 때의 통쾌함보다 더 짙은 희열을 맛보았다.

기개세는 하여상에게 다가가 그녀의 두 손을 꼭 잡으면서 부드럽게 미소 지었다.

"훌륭해요, 어머니."

하여상은 기개세의 등을 쓰다듬었다.

"아니다. 어미가 아무리 훌륭해도 너에 비하면 월광과 반딧불이의 차이다."

그녀는 기개세의 손을 마주 잡고서 가족들을 둘러보며 환한 미소를 지었다.

"내가 원수를 용서할 수 있었던 것은 영아가 있었기에 가능했단다. 영아는 죽지 않았다. 여기에 이렇게 있잖니?"

*　　　*　　　*

대정숙이 발칵 뒤집혔다.

한 사람이 침입하여 대정숙 내 곳곳을 온통 휘저어놓았기 때문이다.

대정숙 역사상 누군가 침입한 것은 처음 있는 일이었다.

또한 침입자를 가로막다가 대정숙의 정경고수 거의 절반이 특수한 점혈 수법에 의해서 혼혈이 제압되어 아무 데서나 나뒹군 채 잠을 잔 것도 처음 벌어진 일이었다.

그리고 대정숙의 최고 우두머리인 대정총장이 침입자에게 제발 나가달라고 사정한 것도 처음이었다.

대정숙은 단 한 명의 침입자에 의해서 사정없이 짓밟혔고 갈가리 찢어졌다.

그것도 이제 겨우 십팔 세의 앳된 소녀에게 말이다.

대정총장의 집무실과 거처인 대정본전.

탕탕!

"그런 생도는 이곳에 없다고 몇 번이나 말씀드려야 알아들으시겠소?"

대정총장 풍천은 답답한 듯 손바닥으로 탁자를 두드리면서 약간 언성을 높였다.

자신의 집무실에서 탁자를 앞에 두고 의자에 앉아 있는 풍천은 저만치 창 앞에 서서 창밖을 바라보고 있는 가냘픈 체구에 아담한 몸매를 지닌 백의소녀의 뒷모습을 보면서 목소리를 낮춰서 말을 이었다.

"불도주께서 이러시는 것을 천불지도의 장로들께서도 알고 계시오?"

"모를 거예요."

백의소녀는 뒤돌아보지도 않은 채 꼼짝도 하지 않고 서서 자르듯이 대답했다.

풍천은 어이없다는 표정을 지었다.

"지금 총단으로 돌아가시오. 장로들께서 불도주를 찾고 계실 것이오."

"여태 총단에 있다가 나온 지 사흘도 지나지 않았는데 장로들이 무엇 때문에 나를 찾는다는 건가요?"

풍천은 무거운 한숨을 내쉬었다.

"휴우, 천검신문이 출현했소."

"천검신문이……."

백의소녀는 가녀린 몸을 움찔 떨더니 천천히 돌아섰다.

"그게 정말인가요?"

놀란 토끼처럼 눈을 동그랗게 뜨고 묻는 소녀는 너무도 아름답고 또 천진난만하게 귀여운 용모를 지녔는데, 다름 아닌 독고비였다.

"천검신문이 출현했다는 것은… 머지않아 대혈풍이 일어난다는 뜻인가요?"

"그렇소."

"그렇군요."

독고비는 진지한 표정으로 고개를 끄덕였다.

풍천은 이제 됐다 하는 표정을 지었다.

'불도주께서 철이 없다고는 하지만 백 년에 한 번 태어나기 어려운 천무골(天武骨)에다 귀재이신데, 설마 천검신문이 출현했다는 데에도 계속 어깃장을 부리실까.'

그가 안도의 독백을 막 마쳤을 때,

"그건 그렇고, 어서 기개세라는 사람이 어디에 있는지 가르쳐 주세요."

'이런…….'

아무리 수양 깊은 풍천이지만 이 순간만큼은 저절로 눈살이 찌푸려졌다.

하지만 그는 감히 감정을 드러내지 못하고 끝까지 인내심을 발휘하면서 한숨을 길게 내쉬었다.

"휴우, 대체 기개세인지 뭔지 하는 사람이 대정숙에 있다고 누가 가르쳐 줍디까?"

"믿을 수 있는 사람이 가르쳐 줬어요. 그 이상은 말할 수 없어요."

풍천은 고개를 가로저었다.

"어쨌든 대정숙 백오십팔 년 역사 중에서 '기개세' 라는 이름을 가진 사람이 입교한 적은 없었소. 누군지 모르지만 그 사람이 잘못 알고 있는 것 같소."

"맹세할 수 있나요?"

"맹세하오."

독고비는 풍천에게 바짝 다가들어 진지한 표정을 지었다.

"하늘에 맹세할 수 있나요?"

"하늘에 맹세할 수 있소."

풍천이 그렇게까지 나오는 데야 독고비로서도 더 이상 기개세를 내놓으라고 닦달할 수가 없게 되었다.

"그거 정말 이상한데……. 그렇다면 시아버님께서 거짓말을 하셨다는 것인가?"

그녀가 팔짱을 낀 채 고개를 갸웃거리면서 중얼거리자 풍천이 의아한 표정으로 물었다.

"시아버님이라니, 불도주께서 언제 혼인을 하셨소?"

정곡을 찔렀지만 독고비는 눈썹 하나 까딱하지 않았다.

"그런 적 없어요."

그녀를 알고 있는 사람들은 말한다, 천하에서 그녀를 놀라게 만드는 것은 존재하지 않는다고. 그만큼 그녀는 배짱이 두둑하고 철석간담을 지녔다.

천불지도에는 천불십팔숙(佛道十八宿)이라고 하는 열여덟 명의 장로가 있으며, 그들은 다시 내구숙(內九宿)과 외구숙(外九宿)으로 나뉜다.

내구숙은 천불지도 내에 거주하면서 실질적인 영향력을 구사하는 장로들이다.

그리고 외구숙은 바깥에서 각자의 세력들을 구축하여 유사시를 대비하는 외벽(外壁) 역할을 한다.

대정총장인 풍천과 정경장로인 장가서는 외구숙으로서 대정숙이라는 세력을 담당하고 있다.

구대문파 장로의 신분인 천불십팔숙의 내구숙은 불도주의 공동 사부이기도 하다. 그들이 자파의 모든 절학을 불도주에게 전수한 것이다.

현재 불도주의 무위는 내구숙 아홉 명의 합공을 오십 초 이내에 격패할 수 있는 굉장한 수준이라고 전해진다.

풍천은 달래는 듯한 목소리로 입을 열었다.

"조만간 불도주께서는 천문주를 알현해야 하오. 그러니 천불지도로 돌아가서야 하오."

흑백이 또렷한 눈동자를 사르륵 굴리면서 뭔가 생각하던 독고비는 이윽고 한숨을 호로록 내쉬었다.

"에휴, 불도주라는 것이 이렇게 자유도 없는 존재인 줄 진작 알았으면 목숨을 걸고서라도 절대로 하지 않았을 거야."

풍천은 그녀의 어리광 어린 말에 빙그레 미소를 지었다.

독고비는 다섯 살 어린 나이에 제이대 불도주 후계자로 발탁이 되어 천불지도에 들어가서 무공을 배웠다.

그 어린것이 자유가 없으면 불도주가 되지 않겠다고 버텼을 것이라는 상상을 하니 풍천은 웃음이 나지 않을 수가 없었다.

＊　　　＊　　　＊

기개세는 이제 모든 것을 바로잡아야 할 때라고 생각했다.

즉, 자신의 출신을 밝혀야 한다는 것이다.

그가 굳게 입만 다물고 있으면 앞으로 아무 문제도 일어나지 않을 것이다.

하지만 그것은 가문을 부정하고 자신을 기만하는 일이기 때문에 도저히 용납할 수가 없다.

예전 같으면 이런 일로 고민 따위는 하지 않았을 것이다. 그렇지만 지금의 그는 예전의 그가 아니다.

머릿속에는 헤아릴 수 없이 많은 지식이, 마음과 몸에는 깊

은 수양과 삼라만상에 대한 이해와 관조(觀照), 성찰(省察)의
결과들이 차곡차곡 쌓였다.

그리고 환골탈태와 벌모세수로 인해서 초범탈속(超凡脫俗)
한 상태가 되었기 때문에 한 올의 께름칙한 것이라도 그 스스
로가 용납하지 못하게 된 것이다.

그는 제일 먼저 천검사신위에게 자신의 진실한 신분을 털
어놓아야겠다고 생각했다.

기개세가 천검사신위를 앞에 세워놓고 자신에 대해서 설
명을 하고 난 후, 도기운이 짤막하게 입을 열었다.

"알고 있었습니다."

"알고 있어? 어떻게?"

천검사신위는 아무렇지도 않은 표정인데 오히려 기개세가
깜짝 놀라 낮게 외쳤다.

도기운이 허리를 굽혔다.

"죄송합니다. 사실 주군의 뒷조사를 했습니다."

"뒷조사? 허……."

"다른 뜻은 없었습니다. 다만 속하들은 주군에 대해서 완
벽하게 알고 있어야 모든 면에서 주군을 제대로 호위할 수 있
기 때문에 그런 것입니다."

기개세는 고개를 갸웃거렸다.

"내가 어디에서 허점을 보였던 거지?"

“쌍봉루와 소랑 소저입니다. 또한 주군과 주군의 친구 분들이 모두 무창성 지역 말씨를 사용하는 것이 이상했습니다.”

“아……!”

도기운의 대답에 기개세는 고개를 끄덕였다. 모든 것을 빠르게 습득하는 기개세는 지금은 완벽한 하남성 말씨를 구사하지만, 천검사신위를 처음 만났을 무렵에는 심한 무창성 말씨를 사용했다.

“형곤과 가란 등을 조사한 것인가?”

“그렇습니다. 형곤 등 세 사람이 무창성에서 신월방이라는 방파를 운영했으며, 가란과 설화쌍봉 역시 무창성에서 쌍봉루라는 기루를 운영했다는 사실을 알아냈습니다.”

형곤 등 세 사람, 즉 삼야차가 운영했던 것은 하오문이지 방파라고 할 순 없다. 그 사실을 알고 있으면서도 도기운은 방파라고 말해주었다.

도기운이 거기까지 알아냈다면, 기개세가 사도총련주의 외아들이라는 사실을 알아내는 것쯤은 아주 간단했을 것이다.

“괜찮겠어?”

기개세가 조금 겸연쩍은 얼굴로 묻자 천검사신위는 의아한 표정을 지었다.

“무엇을 말씀이십니까?”

"내가 사도 출신이라는 것 말이야."

그러자 천검사신위의 입가에 빙그레 미소가 머금어졌다.

그런 것에 노심초사하는 기개세의 모습이 천진난만하게 보였기 때문이다.

"설사 주군께서 녹림 출신이라고 해도 아무 상관 없습니다."

"녹림이라고 해도? 어째서 그렇지? 천검신문은 정파가 아닌가? 그러니까 천문주는 정파 출신이어야 하잖아?"

"호호호홋!"

급기야 기개세와 무람없이 지내는 우지화가 웃음을 참지 못하고 터뜨렸다.

"몰라서 묻는데 왜 웃어?"

기개세가 인상을 쓰자 우지화는 방긋 미소를 지었다.

"너무 귀여워서요."

"에궁. 날더러 귀엽다는 사람이 다 있군."

도기운은 엄숙한 표정을 지으며 설명했다.

"천문주는 천하를 대표하는 만인의 하늘입니다. 그러므로 출신은 상관없습니다."

"음. 하지만 마음이 편치 않아."

"주군께선 부모를 가려서 태어나셨습니까?"

도기운의 물음에 기개세는 어이없다는 표정을 지었다.

"어떻게 부모를 고를 수가 있나?"

"계류와 강은 천하에 수만 개나 되지만 결국에는 바다라는 한곳으로 모입니다."

사람의 출신은 제각각 다르지만 결국 사람은 다 똑같다는 것이다.

"주군께선 천하 자체이시고 천상천하유아독존(天上天下唯我獨尊)한 존재이십니다. 그 점을 잊지 마십시오."

기개세는 고개를 끄덕였다.

"알았어, 무슨 뜻인지."

한시름 던 그가 방을 나가려고 하자 문득 담무혁이 궁금한 표정으로 물었다.

"주군, 혹시 무공에 성취가 있으셨습니까?"

기개세는 걸음을 멈추고 뒤돌아보며 고개를 끄덕였다.

"응. 조금."

"현재 어느 정도 수준이십니까?"

"글쎄……."

기개세는 천검사신위를 둘러보며 고개를 모로 꼬다가 불쑥 제안했다.

"한번 겨뤄볼까?"

그러자 말을 꺼낸 담무혁이 정중히 앞으로 나섰다.

"속하가 명을 받들겠습니다."

어제 기개세가 손록에게 전개한 수법이 이기어신일지도 모른다고 생각했기 때문에 담무혁은 적잖이 긴장했다.

그런데 기개세가 설레설레 고개를 가로저었다.

"아니, 넷이 한꺼번에 덤벼봐."

천검사신위의 얼굴에 똑같이 놀라움과 어이없다는 표정이 떠올랐다.

그들은 기개세가 생사현관 소통에 환골탈태, 벌모세수까지 이루었다는 말을 우지화에게 들어서 이미 알고 있었다.

그 직전에 기개세의 공력이 칠십 년 정도 수준이었으므로, 생사현관을 소통해서 두 배 가까이 급증했다고 치면 백사십 년, 이 갑자 이십 년 수준이다.

그 정도면 담무혁과 일대일로 겨뤄도 안 된다. 현재 담무혁의 공력이 삼 갑자에서 이십 년 부족한 백육십 년 수준이기 때문이었다.

싸움은 공력만 갖고 하는 것이 아니다. 하지만 담무혁은 자신의 성명무공을 더 이상 완벽할 수 없을 정도로 익혔으며, 풍부한 싸움 경험까지 갖추었으니 기개세를 상대하는 데에는 부족함이 없을 터였다.

'주군께서 정말 이기어신의 경지에 도달하신 것인가?'

네 명이 한꺼번에 덤비라는 기개세의 말에 천검사신위는 내심으로 똑같은 생각을 했다.

第八十二章
소옥군의 다른 남자

大夫

대사부

　낙성전 지하의 연공실에 기개세와 천검사신위 다섯 명이 비무를 하기 위해서 대치하고 있었다.

　기개세는 절대신검을 메고 유유자적하게 서서 말했다.

　"자, 전력을 다해서 공격해 봐."

　천검사신위로서는 물러설 수 없다. 주군의 현재 실력을 정확하게 파악해야 하기 때문이었다.

　도기운은 다른 천검삼신위에게 전음을 보냈다.

　[오성 정도로 공격하게.]

　기개세가 아무리 이기어신의 경지에 이르렀다고 해도 천검사신위의 합공은 그야말로 흔천동지(掀天動地)의 위력을 지니고 있었다.

전력을 다했다가 기개세가 자칫 부상을 입을 수도 있기 때문에 도기운이 배려하는 것이었다.

도기운의 전음이 끝나자마자 천검사신위는 좌우로 펼치면서 기개세를 포위하는 형세를 취했다.

"갑니다."

제일 먼저 담무혁이 기개세의 우측에서 공격해 가며 나직이 외쳤다.

발끝으로 바닥을 박찼다고 여기는 순간 담무혁은 삼 장 반 거리를 찰나지간에 일 장 반 거리로 좁히면서 오른손을 쭉 뻗었다.

우르룽!

순간 그의 장심에서 거센 경풍이 파도처럼 쏟아져 기개세의 옆구리를 향해 쇄도해 갔다.

뇌룡문을 유명하게 만든 성명절학은 도법이지만, 장법도 그에 못지않게 유명하다.

오죽하면 일뇌룡장이뇌룡도(一雷龍掌二雷龍刀)라는 말이 강호에 알려졌겠는가.

그 순간 도기운과 나궁조, 우지화는 움찔 놀랐다. 담무혁이 처음부터 너무 강력한 공격을 가했기 때문이다.

그들의 시선이 다급히 기개세에게 집중됐다.

아니나 다를까. 그는 장력이 자신의 옆구리 반 장까지 쇄도

하고 있을 때에야 비로소 몸을 돌리고 있는 것이 아닌가. 그 것도 느릿하기 짝이 없는 동작이었다.

담무혁의 공력이 너무 빠르고 위력적이기 때문이라고밖에 는 볼 수 없는 상황이다.

'아차!'

그제야 담무혁은 자신이 처음부터 너무 강하게 몰아붙였 다는 생각에 후회가 일었다.

그때 눈앞에 있는 기개세의 모습이 흐릿해졌다.

스으으.

그는 백의를 입고 있는데도 갑자기 거무스름한 흑무(黑霧) 가 부옇게 일면서 모습이 빠르게 흐려지더니 한순간 그 자리 에서 감쪽같이 사라져 버렸다.

그가 전개한 수법이 사도총련의 흑운잠영보라는 사실을 천검사신위는 꿈에도 알지 못했다.

원래 사파의 평범한 보법인 흑운잠영보는 이 정도의 놀라 운 능력을 발휘하지 못한다.

단지 그것을 전개하는 사람이 기개세이기 때문에, 그가 흑 운잠영보의 원리(原理)를 최대한 응용하고 있는 것이다.

강호에서 가장 흔하고 위력이 약한 육합권법(六合拳法)이 라고 해도, 일단 기개세에게서 전개되면 천지개벽의 위력을 발휘하게 되는 것이다.

"담무혁, 전력을 다하라고 말했었지?"

다음 순간 담무혁의 바로 코앞에서 기개세의 목소리가 들리는가 싶더니 번쩍하고 그의 모습이 나타났다.

"……!"

담무혁이 크게 놀라는 순간 기개세의 손이 교묘하게 그의 가슴으로 파고들었다.

탁!

이어서 기개세의 손바닥이 툭 건드리듯이 담무혁의 가슴을 가볍게 찍었다.

"흐윽!"

단지 그것뿐이거늘, 담무혁은 가슴이 온통 쪼개지는 통증을 느끼면서 뒤로 화살처럼 쏜살같이 튕겨 날아갔다.

담무혁은 날아가면서 아연실색했다.

'으으… 일 초식도 버티지 못하다니 말도 안 된다.'

기개세는 석벽 앞에 간신히 내려서 비틀거리는 담무혁을 내버려 두고 곧장 나궁조에게 쏘아가면서 호통쳤다.

"어서 무기를 사용해라! 그리고 전력을 다하지 않으면 혼날 줄 알아라!"

방금 기개세가 보여준 놀라운 솜씨에 천검사신위는 두 가지 사실을 깨달았다.

기개세가 이미 이기어신의 경지에 도달했다는 것.

그리고 자신들이 전력을 다하지 않으면 낭패를 당할 수도 있다는 사실이다.

나궁조는 무기를 사용하고 또 전력을 다해야만 한다는 사실을 깨달았다.

그렇지만 그는 검을 뽑지 못했다. 오른손이 검파를 잡는 순간 기개세가 어느새 반 장 앞까지 쇄도하면서 오른손을 들어올리고 있었기 때문이다.

나궁조는 지난 사십여 년 동안 강호를 종횡하면서 협행을 해왔으나 단 한 번도 패한 적이 없었다.

물론 그가 무림 최강이라는 뜻은 아니다. 패한 적이 없다는 것은, 자신보다 더 고강한 인물과 싸워본 적이 없었다는 뜻이다. 그런 그가 오늘 임자를 제대로 만났다.

그는 이미 공력을 극한으로 끌어올려서 만전을 기하고 있었기 때문에 쇄도해 오고 있는 기개세를 향해 벼락같이 일장을 발출했다.

성검문의 성명절학은 검법이지만 장력도 무림일절이라고 불릴 정도로 뛰어나다.

콰우웅!

능히 반 자 두께의 철문을 엿가락처럼 휘어지게 만들어 버리는 위력이 실린 장력이 반 장 앞, 아니, 그사이에 더 가깝게 접근하고 있는 기개세를 향해 폭발적으로 뿜어졌다.

바로 그 순간 나궁조는 조금 전의 담무혁과 똑같은 생각을 하게 되었다.

아무런 방어 자세도 갖추지 않은 채 또 너무 가깝게 접근한 기개세에게 자신이 지나치게 강력한 장력을 발출한 것이 아닌가 우려한 것이다.

그 순간 나궁조는 기개세가 왼손을 내미는 모습을 언뜻 발견했다.

반격을 하려는 듯한데 그가 장력을 발출할 때쯤에는 이미 나궁조의 장력에 적중된 후일 것이다.

그래서 나궁조는 다급히 장력을 회수하려고 했다.

쩌억!

그 순간 물볼기를 맞는 듯한 음향과 함께 나궁조는 오른팔이 으스러지는 통증을 느꼈다.

"크윽!"

기개세가 손을 내미는 것을 발견하지도 못했는데, 어느새 그가 장력을 발출하여 나궁조의 장력과 정면으로 충돌시킨 것이다.

장력으로 장력을 정면으로 부딪치게 하는 것은 공력의 싸움이다. 공력이 고강한 자가 무조건 이긴다.

나궁조는 실 끊어진 연처럼 뒤로 튕겨져 날아갔다. 기개세의 공력이 나궁조보다 현저하게 우위라는 사실이 드러났다.

그러나 사실 기개세는 이번의 격돌에 불과 삼 할의 공력만을 사용했을 뿐이다.

그 순간 기개세의 등 뒤 좌우에서 도기운과 우지화가 합공을 펼쳐 왔다.

쉬이잇!

두 사람은 나궁조가 당하고 있는 사이에 어느새 검을 뽑아 기개세의 배후를 공격한 것이다.

강남무림에서 무적인 도기운과 강북무림에서 열 손가락 안에 꼽히는 우지화의 합공이다. 가히 산을 짓뭉개고 바다를 쪼개는 위력이었다.

"하하하! 좋았어!"

그런데도 기개세는 오히려 유쾌하게 웃음을 터뜨렸다.

도기운과 우지화는 기개세가 절대로 자신들의 공격에서 벗어날 수 없다고 확신했다.

그만큼 빠른 공격이고 또 가까운 거리인데다 기개세가 등을 보이고 있었기 때문이다.

스으…….

그런데 기개세가 제자리에서 빙글 몸을 돌렸다.

공격하던 도기운과 우지화는 움찔 놀랐다. 기개세가 자신들의 검세를 느꼈다면 당연히 피해야만 하는데 오히려 몸을 돌리고 있기 때문이었다.

그렇다면 그는 몸을 돌리고 있는 도중에 두 자루 검에 찔리고 말 것이다.

"……!"

"……!"

그때 도기운과 우지화는 헛것을 보았다. 어느새 자신들 쪽

으로 몸을 완전히 돌린 기개세가 오른손을 어깨의 절대신검
으로 가져가고 있는 것이다.

아니, 가져가는가 싶더니 벌써 발검을 했고, 발검했는가 싶
었는데 반격을 해오고 있었다.

원래는 기개세가 몸을 돌리는 도중에 두 자루 검에 찔려야
만 하는 상황이었다.

몸을 돌리는 것조차 불가능한 상황이거늘, 도리어 발검을
하고 반격까지 가하고 있으니, 현실적으로 도저히 일어날 수
없는 일이었다.

그것은 마치 기개세가 처음부터 공격을 해오고 있는 상황
에서 도기운과 우지화가 반격을 가하는 듯한 광경이었다.

그래서 도기운과 우지화는 헛것을 보고 있는 것이라고 생
각할 수밖에 없는 것이다.

그런데 기개세가 절대신검을 뻗은 것은 반격이라고 볼 수
없는 동작이었다.

좌우에서 공격해 오는 도기운과 우지화 사이로 절대신검
을 불쑥 찔렀을 뿐이다.

그래서 두 사람은 기개세의 예상치 못한 동작에 놀라기는
했으나 자신들의 공격이 무위로 그치지는 않을 것이라고 생
각했다. 하지만 그런 생각은 떠올랐을 때보다 더 빨리 사라져
버렸다.

째쨍!

“우웃!”

“앗!”

두 사람 가운데로 찔러 들어온 절대신검의 검첨이 마치 연약한 갈댓잎이 세찬 바람에 흔들리듯이 번개같이 좌우로 떨치면서 도기운과 우지화의 검환(劍環:칼코등이) 바로 아래쪽 검신을 살짝 때렸다.

살짝이라고는 하지만 그 힘이 너무 강력해서 두 사람은 수중의 검을 놓치고 말았다.

또한 오른손 손아귀가 찢어지는 것 같고 팔 전체가 찌릿찌릿하면서 기혈이 역류하는 것을 느꼈다.

카칵!

두 사람이 놓친 두 자루 검은 연공실 허공을 가로질러 석벽에 깊숙이 꽂혔다.

키이잉!

쐐애액!

그때 기개세에게 격퇴당했던 담무혁과 나궁조가 동시에 도검을 뽑아 혼신의 공력으로 양쪽에서 공격을 해왔다.

두 사람은 기개세에게 격퇴당하면서 심한 충격을 받았으나 바닥에 내려서는 즉시 고통이 사라졌다.

기개세가 그들을 다치게 하지 않으려고 손속에 사정을 두었기 때문이다.

쉬이익!

그 순간 도기운과 우지화는 쏜살같이 석벽으로 날아가서 자신들의 검을 잡는 즉시 두 발로 석벽을 힘껏 박차면서 기개세를 공격해 갔다.

간발의 차이가 있기는 하지만, 바야흐로 천검사신위 네 명의 합공이 전개된 것이다.

그들은 방금 전에 기개세의 능력을 뼈아프게 경험했기 때문에 감히 방심하지 못하고 전력을 다했다.

그런데도 기개세는 조금도 긴장하거나 위축되지 않았다. 끝없는 자신감 덕분이었다.

생사현관의 소통과 환골탈태, 벌모세수를 이룬 후 넉 달여 동안 남몰래 수천 번이나 천신록상의 절학들을 연마하는 과정에서, 그리고 그것들을 대성하게 되자 걷잡을 수 없는 자신감이 생성되었다.

현재 그는 자신의 공력 수위가 어느 정도인지도 정확하게 모르고 있을 정도였다.

기개세는 석실 한복판에 우뚝 선 자세로 움직이지 않았다.

천검사신위는 이번만큼은 기개세를 염려하지 않았다. 오히려 그가 이번에도 자신들을 물리칠지 모른다는 실낱같은 한줄기 불안한 기대를 품었다.

기개세는 호신강기를 전개하여 천검사신위의 공격을 물리칠 수도 있으나 그렇게 하지 않았다. 자신의 진실한 능력을 이 자리에서 시험해 보고 싶었기 때문이다.

그때 공격하던 천검사신위는 움찔 놀라는 표정을 지었다.

기개세의 온몸에서 은은한 오색 광휘가 뿜어지는 것을 발견한 것이다.

아니, 은은한 오색 광휘는 찰나지간 제대로 쳐다볼 수 없을 정도로 찬란하게 빛났다.

그 순간 천검사신위는 똑같은 생각을 떠올렸다.

'천궁신공(天窮神功)!'

천신록의 심법 구결이 천궁신결이고, 그것을 대성하면 천궁신공이 된다.

그때부터는 천신록상의 모든 절학을 천궁신공을 바탕으로 전개할 수가 있는 것이다.

천검신문의 역대 여덟 명의 태문주가 기록한 천검신서에 의하면, 그들 중에서 천궁신공을 칠성 이상 경지까지 연공한 사람은 아무도 없다고 했다.

그런데도 그것만으로 천하제일인의 위치에 올라 천하를 대혈풍으로부터 구했던 것이다.

현재 기개세의 천궁신공은 육성 수준이다.

사부 독고성의 내단을 완전히 용해시켜서 자신의 것으로 만들었으나, 그렇다고 천궁신공을 극성까지 자연스럽게 연공한 것은 아니었다.

그때 기개세는 절대신검을 들어 올려 우뚝 선 채 머리 위로 한 바퀴 크게 원을 그렸다.

고오오—

　그러자 하나의 오색 원이 띠를 이루어 사방으로 번갯불처럼 빠르게 확산되었다.

　사실 엄청난 폭음이 터지고 있었지만 기개세를 비롯해서 천검사신위는 아무 소리도 듣지 못했다.

　인간의 귀는 소리가 어느 한계를 넘어서면 듣지 못하는데, 지금 터지고 있는 폭음은 그 한계를 훨씬 초월하고 있기 때문이다.

　찰나지간에 확산된 오색의 원이 한순간 네 개로 나누어지면서 천검사신위 각자에게 뿜어졌다.

　절대신검으로 전개했으나 이것은 이미 검법의 수준을 한참 벗어난 것이다.

　천검사신위는 자신들을 향해 정면으로 쇄도하고 있는 오색의 빛기둥을 보면서 경악했다.

　그리고는 도저히 피하거나 막을 수 없다는 사실을 깨닫고 아연실색했다.

　그 순간 쇄도해 들던 오색 빛기둥의 속도가 주춤 느려졌다. 기개세가 다시 손속에 사정을 준 것이다.

　그러자 천검사신위는 전력을 다해서 도검으로 오색 빛기둥을 후려쳤다.

　기개세가 아무리 고강해도 공력을 넷으로 나누었기 때문에 자신들이 오색 빛기둥을 정면에서 전력으로 마주 치면 승

산이 있다고 판단한 것이다.

꽈르릉!

"우앗!"

"아앗!"

순간 천검사신위는 비명을 터뜨리면서 마치 강풍에 휩싸인 나뭇잎처럼 사방으로 튕겨져서 쏜살같이 날아갔다.

퍼퍼퍽! 쿠쿠쿵!

그들은 사방의 벽에 호되게 부딪쳤다가 우르르 바닥에 떨어지며 나뒹굴었다.

"우욱!"

"커헉! 컥!"

그들은 바닥에 주저앉아 핏덩이를 토해냈다.

기개세는 절대신검을 어깨에 꽂으며 혀를 찼다.

"쯧쯧쯧, 그러게 왜 막아? 피하라고 기껏 속도와 위력을 감소시켜 주니까 딴짓은……."

천검사신위는 해쓱한 안색으로 기개세를 쳐다보면서도 얼굴에는 감탄과 기쁜 기색이 역력했다. 그가 대성을 이룬 것을 실제 몸으로 확인했기 때문이다.

"어서 운공해."

기개세는 천검사신위에게 서둘러 운공조식을 시키고는 일일이 등 뒤에 앉아 명문혈에 부드러운 진기를 주입했다.

원래 천검사신위는 조금 전의 격돌로 가볍지 않은 내상을 입었으나, 기개세가 진기를 주입시켜 준 덕분에 놀랍게도 거의 완치가 되었다.

기개세로부터 치료까지 받은 천검사신위는 기쁜 마음에 더해서 감격을 금치 못했다.

약 반 시진 정도 운공조식을 하고 웬만큼 기운을 차린 천검사신위는 설레는 마음으로 자리에서 일어나 기개세 앞에 일렬로 늘어섰다.

"부탁할 일이 있어."

기개세가 지금까지와는 달리 진지한 얼굴로 말문을 열었다.

"내가 없는 동안 삼황사벌의 동태를 가일층 주시하고, 천검사호문을 철저하게 재점검해 둬."

그의 말에 천검사신위는 바짝 긴장했다.

"천문(天門)에 입문할 생각이십니까?"

"응."

도기운이 조심스럽게 묻자 기개세는 고개를 끄덕였다.

"얼마나 걸릴지 모르는데 그사이에 무슨 일이 벌어질까 봐 걱정이야."

'무슨 일'이라는 것은 물론 삼황사벌의 발호(跋扈)다. 기개세가 없는 동안 삼황사벌이 침공해 온다면 천하는 '사공 없는 나룻배' 신세에서 지리멸렬당할지도 모른다.

그렇지만 기개세가 태문주가 되기 위해서는 반드시 천문,

즉 천검신문에 다녀와야만 한다.

과거 천문주들은 천문에 다녀온 이후 무위가 배 이상, 혹은 두 배 가까이 증진됐었다.

그뿐 아니라 그곳에는 천족(天族)으로 불리는 천검신문의 천인(天人)들이 있다.

천족은 오직 태문주의 명령에만 따르기 때문에 그들을 이끌고 나오기 위해서라도 기개세는 천문에 가서 태문주가 되어야만 하는 것이다.

지금 기개세가 천하를 염려하고 있다. 천검사신위가 처음에 그를 만났을 때에는 천방지축 어디로 튈지 모르는 망나니였는데, 그때에 비하면 지금은 성인군자가 되었다. 실로 격세지감이 느껴지지 않을 수 없다.

잔잔한 감동을 받은 천검사신위는 그윽한 눈길로 기개세를 바라보았다.

그들의 이상한 표정과 눈빛을 느낀 기개세는 의아한 표정을 지었다.

"왜들 그래? 뭐 이상해?"

우지화가 환하게 미소 지었다.

"주군께서 너무 대견하셔서 그래요."

기개세는 겸연쩍어서 입을 씰룩거렸다.

"대견은 무슨, 그럼 원래는 소견했나?"

그의 그런 모습은 처음 만났을 때와 별로 다르지 않았다.

그때 도기운이 공손히 말했다.

"그전에 주군께서 가보셔야 할 곳이 있습니다."

기개세는 의아한 표정을 지었다.

"어딜?"

"부모님께서 오셨습니다."

기개세는 고개를 갸웃거렸다.

"부모님? 조금 전에 함께 식사했는데 무슨 소리야?"

도기운은 빙그레 미소 지었다.

"다른 부모님이 계시잖습니까?"

그러자 기개세는 깜짝 놀랐다.

"무창의 부모님 말이야? 정말 그분들이 오셨어?"

"소랑 소저께서 안전한 곳으로 모셨습니다."

"랑이가……."

기개세 주변인들은 모두 천검사호문의 이목 안에 있다. 그렇기 때문에 소랑이 대정숙 전문 근처에서 기무군, 한송연 부부를 만나서 어디로 데려갔는지도 빠짐없이 천검사신위에게 보고되었다.

부모가 왔다는 말에 기개세는 마음이 급해졌다. 그는 급히 석실 입구로 가며 물었다.

"어디에 계셔?"

"신효가 안내할 것입니다."

기개세의 주변인들을 호위하는 것은 나신효의 임무다.

막 입구를 나가려던 기개세가 뚝 걸음을 멈추고 뒤돌아보며 조심스럽게 물었다.

"혹시……."

눈치 빠른 우지화가 그의 내심을 간파하고 방긋 미소 지으며 대답했다.

"천궁 소저께선 항주성 운예문으로 돌아가셨어요."

기개세가 아내감이라고 점찍어 놓은 소옥군에 대해서 천검사호문이 호위를 하지 않을 리가 없다. 말이 호위지만, 그것은 감시의 기능도 갖고 있다.

"응. 그렇군."

"그다음 소식이 궁금하신가요?"

"아, 아냐. 됐어."

기개세는 당황해서 손을 저으며 급히 석실 밖으로 나갔다.

우지화는 입구를 바라보며 서운한 표정을 지었다.

"다음 소식이 정말 알짜배기인데……."

담무혁이 궁금한 듯 물었다.

"화매, 무슨 소식인데?"

우지화는 담무혁이 물어주는 것이 고맙다는 듯 명랑하게 재잘거렸다.

"천궁 소저가 항주성 운예문을 출발한 지 보름이 거의 다 되어간다는군요. 물론 목적지는 이곳 낙양성이에요."

"그럼 천궁 소저는 보름 만에 항주성까지 갔다가 도착하자마자 다시 돌아오는 것이로군."

"네."

우지화는 생각난 듯 고개를 갸웃거리면서 말했다.

"그런데 천궁 소저가 전에는 보이지 않던 매우 값비싸 보이는 비녀를 머리에 꽂고 있다던데… 그녀 신변에 무슨 변화가 있었는지 모르겠군요."

"남자가 천궁 소저에게 비녀를 선물했단 뜻인가?"

"그렇죠. 보통 남자가 여자에게 비녀를 선물할 때에는 사랑을 고백하거나 혼인을 하자고 말할 때인데……."

담무혁은 고개를 모로 꼬며 곤란하다는 표정을 지었다.

"천궁 소저가 비녀를 꽂고 다니는 것은 그 남자의 사랑을 받아들였다는 뜻인가?"

"그렇다고 봐야죠."

"이거야……."

천검사신위는 처음에 소옥군을 봤을 때 그녀야말로 천문주의 부인 감이라고 확신했었다.

그런데 소옥군이 작은 다툼 끝에 기개세 곁을 떠나고, 그 기간이 오래 지속되더니 마침내 우려하던 일이 벌어지고 만 것이다.

나궁조는 외딸 나운상이 있지만 그녀가 기개세의 부인이 되는 것에 대해서는 전혀 신경 쓰지 않았다.

나운상이 천검사영이기 때문이다. 그것은 그녀가 이미 기개세의 여자라는 뜻이었다.

천문주에 속한 사람들은 남녀노소를 불문하고 모두 그의 소유물이기 때문이었다.

모두들 잠시 동안 침묵을 지켰다. 소옥군에게 다른 남자가 생겼다는 것은 큰 문제다. 게다가 아직 기개세는 그 사실을 모르고 있다.

"도대체 어떻게 감시를 했기에 그런 사실을 모를 수가 있었던 것이죠?"

기개세 주변인들의 호위와 감시를 맡고 있는 나신효에 대한 우지화의 은근한 책망이었다.

"그보다 천궁 소저에게 다른 남자가 생긴 사실을 어떻게 주군께 보고해야 할지 난감하군. 주군께선 그녀를 몹시 사랑하고 계시는 듯한데."

담무혁이 어두운 얼굴로 중얼거렸다.

저벅저벅.

그때 도기운이 석실 입구로 걸어가며 나직한 어조로 말했다.

"그것을 주군께 보고하는 일 따위는 없을 게야."

세 사람이 도기운의 뒤를 따르고, 우지화가 눈을 빛내면서 물었다.

"대가께 무슨 좋은 방법이 있나요?"

　석실을 나온 도기운은 지하 통로를 걸어가며 건조한 목소리로 대답했다.

"애초부터 천궁 소저에게 다른 남자 따윈 없었던 것이다."

　소옥군에게 다른 남자가 있는 것으로 밝혀지면 그를 해치우면 된다는 뜻이다.

第八十三章

네 명의 첩(妾)

大夫
대사부

　빠른 걸음으로 낙성검가 전문을 향해서 걸어가던 기개세
는 뭔가를 발견하고 걸음을 멈추었다.
　저만치 정원에서 일남일녀가 나란히 산책하는 광경을 발
견한 것이다.
　그들은 다름 아닌 유석과 손진인데, 기개세는 두 사람이 단
둘이 있는 모습을 처음 봤다.
　유석과 손진 둘 다 매우 어색한 표정이고, 나란히 걷고는
있지만 세 걸음 이상 뚝 떨어진 상태였다.
　손진은 고개를 약간 숙였는데 얼굴이 발그레했으며, 유석
은 멋쩍게 자꾸만 헛기침을 했다.

그들의 그런 모습은 숙맥불변인 기개세가 보더라도 처녀, 총각의 짝짜꿍이 분명한 것 같았다.

착한데다가 다른 사람을 위해서 희생만 하는 유석이 드디어 연애를 하게 되었다는 사실이 신기했다.

하지만 부모를 만나고 싶은 마음 때문에 한시가 급한 기개세는 그들을 오래 지켜볼 여유가 없어서 다시 걸음을 재촉했다.

전문 가까이 이르렀을 때 종종걸음으로 뒤따르던 나운상이 호기심 어린 표정으로 물었다.

"대가, 조금 전의 두 사람, 어때요?"

"뭐가?"

나운상은 기개세 옆으로 나란히 걸으면서 눈을 초롱초롱 빛내며 그를 바라보았다.

"그 두 사람을 어떻게 보셨어요?"

기개세는 흐뭇한 미소를 지으며 고개를 끄덕였다.

"응. 잘 어울리더군."

"그렇죠?"

나운상은 반색을 했다.

"어제 연회 때 석 오라버니가 진아의 편을 들어줬던 것이 두 사람이 가까워진 계기가 됐나 봐요."

"진아는 유석 형에게 잘 어울리는 여자야. 어디에 내놔도 손색이 없지."

전문 안쪽에서 기다리고 있던 나신효가 가까이 다가온 기개세에게 공손히 허리를 굽혔다.

나신효를 앞세우고 전문을 나선 기개세와 나운상은 나란히 거리를 걸어갔다.

"대가는 진아를 잘 아나요?"

"잘 알지. 진아는 특히 젖가슴이 예쁘고 탱탱해. 게다가 궁둥이도 튼실하고 아랫배가 도도록하지. 벗은 알몸은 전체적으로 매우 희고 눈부신 살결을 갖고 있어서 아주 근사하다니까?"

그는 자신도 모르게 입에서 침을 튀기고 손짓을 섞어가며 신나게 설명했다.

나운상의 눈이 샐쭉해졌다.

"진아에 대해서 어떻게 그렇게 잘 알죠? 알몸을 봤다니, 그게 정말인가요?"

예전에 손진을 발가벗겨서 산속의 나무에 매달아놓고 매질을 했던 기개세가 아닌가.

"당연히 봤지. 보기만 했나? 만져… 아얏!"

기개세는 정신 못 차리고 떠들다가 비명을 질렀다. 나운상이 눈을 하얗게 뜨고 그의 옆구리를 힘껏 꼬집은 것이다.

앞서 걷던 나신효가 뒤돌아보면서 나운상에게 엄한 눈빛을 보냈다. 주군께 무례하게 굴지 말라는 뜻이었다.

하지만 나운상은 못 본 척 고개를 돌려 버렸다.

"랑아, 우린 괜찮다. 너무 애태우지 마라."

기개세를 빨리 데려오지 못해서 발을 동동 구르고 있는 소랑을 한송연이 위로했다.

이곳은 쌍봉루다.

소랑이 쌍봉루주 가란에게 기무군과 한송연 부부의 신분을 밝히자 가란은 커다란 방이 세 개에 온갖 시설이 갖추어져 있는 자신의 거처를 두말없이 내놓았다.

소랑의 안내로 이곳에 온 기무군 부부와 기화종은 아침 이후 아직 하루도 지나지 않은 저녁나절이지만 마치 한 달은 지난 듯한 기분이었다.

오직 아들을 만나려는 일념으로 무창성에서 이곳까지 수천 리 길을 불원천리 달려왔다.

기무군이 알고 있는 낙성검가는 오늘 당장 망한다고 해도 별로 이상할 것이 없는 삼류 중에서도 삼류 문파였다.

그렇기 때문에 낙성검가를 선택해서 기개세를 양아들로 넣었던 것이다.

그 당시에 기개세에게 필요했던 것은 대정숙에 입교하기 위해서 '정파의 자손' 이라는 신분 하나뿐이었다.

그런데 어찌 된 일인지 기개세가 양자로 들어간 후 낙성검가는 낙양성으로 이사를 하더니 그때부터 일취월장 발전에 발전을 거듭하여 지금은 낙양성에서도 손꼽히는 명문의 하나가 되었다.

그것까지는 백번 이해할 수 있다고 치자.

원래대로 하자면 기개세는 대정숙을 입교하기만 하면 낙성검가하고는 인연을 끊어야 마땅했다.

그런데 기개세가 수료를 하고 나오는 대정숙 전문 앞에 낙성검가 사람들이 진을 치고서 기다렸다가 서로 얼싸안고 난리를 피우는 것은 뭐란 말인가.

가짜 부모와 가족들은 보란 듯이 전면에 나서서 아들과 감격의 해후를 하고 있었다.

그런데 진짜 부모는 멀리 떨어진 골목 어귀에 숨어서 아들을 훔쳐봐야만 하는 현실 때문에 기무군 등은 실로 비참한 심정에 사로잡혀야만 했었다.

기무군이 어떻게 된 일이냐고 소랑에게 따져 물었으나 그녀는 입을 굳게 다문 채 기개세와 낙성검가의 관계에 대해서는 한마디도 하지 않았다. 그것에 대해서 자신이 왈가왈부할 처지가 아니기 때문이었다.

기화종은 한쪽의 의자에 앉아서 아무 말도 하지 않고 묵묵히 술만 마시는 중이었다.

그렇지만 손자가 너무도 보고 싶은 마음과 지금의 상황이 못 마땅하다는 것은 굳이 설명할 필요가 없다.

한송연은 기무군처럼 불쾌한 표정을 얼굴에 떠올리지도 않고, 소랑을 채근하지도 않았다.

그저 소랑이 기개세를 보호하다가 온몸이 흉측하게 변했을 것이라고 추측하여 그녀를 옆에 앉혀놓고 끝없이 쓰다듬고 위로만 하고 있었다.

"랑아, 하나만 묻자."

그때 실내를 오락가락 걸으면서 콧김을 뿜어내고 있던 기무군이 불쑥 입을 열었다.

한송연 옆에 앉아 있던 소랑은 벌떡 일어나 공손한 자세를 취했다.

"말씀하세요."

"세아가 오긴 오는 거냐?"

"옵니다."

소랑은 딱 잘라서 대답했다. 그녀는 두 시진 전에 삼야차의 형곤을 낙성검가로 보냈다.

은밀하게 기개세를 만나서 부모가 이곳에 계시다는 사실을 알리라고 말이다.

소랑은 형곤을 만난 이상 기개세가 반드시 온다고 확신하고 있다. 오지 않을 이유가 없기 때문이다.

"그럼 됐다."

기무군은 소랑의 대답에 가슴속에서 들끓는 불만들을 접어두고 좀 더 기다려 보기로 했다.

기개세는 앞선 나신효가 낙양성을 벗어나 양수하로 뻗은

서남쪽 관도를 달려가는 것을 보고 그를 불렀다.

"신효, 소랑은 쌍봉루에 있느냐?"

"그렇습니다."

"알았다. 너는 그만 돌아가라."

나신효는 공손히 예를 취한 후 다시 낙양성을 향해 경공을 전개했다.

기개세는 아직 날이 어둡기 전이라서 꽤 많은 사람들이 오가고 있는 관도를 쳐다보았다.

지금부터 경공을 전개할 텐데 워낙 빨라서 사람들이 보면 놀랄 수가 있다.

그가 관도 옆 숲으로 들어가자 나운상이 따라오면서 의아한 듯 물었다.

"쉬하시게요?"

측간까지 따라다니는 나운상이라서 허물이 없다.

"쉬 소리 들으니까 마렵구나."

그는 숲 속 어느 나무 앞에 서서 괴춤을 풀고 쉬를 하기 시작했다. 나운상이 보든 말든 상관하지 않았다. 그와 나운상은 세상에서 제일 허물없는 관계일 것이다.

쏴아……

그러자 난데없는 폭포 소리가 숲 속의 적막을 깨뜨렸다.

서너 걸음 떨어진 곳에서 지켜보고 있는 나운상이 가만히 있을 리가 없다.

“소나기가 오나?”

그녀는 자신이 천하에서 기개세와 제일 가까운 사람이라 확신하고 있었다.

지금 같은 상황에 처할 때마다 기개세에게 한 발자국씩 더 가까워지는 것을 느끼는 그녀였다.

세상에서 가장 무람없는 사이는 부부다. 그래서 지금 그녀는 자신과 기개세가 부부가 된 듯한 착각에 빠졌다.

“상아, 왜 그래? 바보 같은 표정에 침까지 흘리고.”

소변을 다 본 기개세가 괴춤을 올리면서 다가오다가 나운상을 보며 의아한 표정을 지었다.

“침을요? 제가?”

나운상은 깜짝 놀라서 손으로 입을 닦지만 침은 흘리지 않았다. 기개세가 장난을 친 것이다.

“못써요, 장난치면.”

그녀는 곱게 눈을 흘기고는 기개세의 괴춤 끈을 다정하게 묶어주었다.

기개세는 비스듬히 하늘을 보면서 말했다.

“네가 나를 따라오지 못할 텐데, 안을까? 아니면 업을까?”

“안아줘요. 업으면 당신 얼굴을 볼 수가 없어요.”

간덩이가 커진 나운상은 아무도 없을 때 ‘대가’라고 부르던 것을 이젠 아예 노골적으로 ‘당신’이라고 부른다.

그런데 기개세가 뭐라고 하지 않자 그녀는 앞으로 그를

'당신' 이라 부르기로 작정했다.

이어서 그녀는 기개세 앞에 마주 보고 바짝 붙어서는 두 손을 그의 어깨에 얹고 폴짝 뛰어올라 두 다리로 그의 허리를 감았다.

보통 안긴다는 것은 남자가 두 팔로 여자의 겨드랑이와 허벅지 아래를 안아서 들어 올리는 것을 말하는데, 그녀는 어린아이가 아빠에게 안기는 듯한 자세를 취한 것이다.

그녀가 그러는 이유는 물을 것도 없이 엉큼한 흑심이 있었기 때문이다.

하지만 원래 기개세는 나운상이 자신에게 무슨 말을 하고 어떤 행동을 취해도 나무라는 적이 없다. 그녀는 그것을 최대한 악용하고 있는 것이다. 말하자면 그녀는 '아름다운 악녀'라고 할 수 있었다.

"이제 가요."

그녀는 두 팔을 기개세 겨드랑이 아래로 집어넣어 등을 꼭 끌어안고, 그의 왼쪽 어깨 위에 뺨을 대고 얼굴을 그의 옆얼굴 쪽으로 향하게 하고는 콧소리를 내며 말했다.

그런 자세이기 때문에 기개세가 그녀를 잡을 부위라곤 궁둥이 두 쪽뿐이었다.

그가 나운상의 궁둥이를 받쳐 올리듯이 잡자 손끝이 자연스럽게 그녀의 궁둥이 사이 계곡 깊숙한 곳을 찌르는 형상이 돼버렸다.

“아…….”

은밀하고 민감한 부위에 사랑하는 사람의 손길이 닿자 나운상은 눈을 감으면서 몽연한 신음을 흘렸다.

“왜? 거기 찔렸어?”

신음 소리 때문에 기개세가 그녀의 계곡에서 손을 떼려고 하며 물었다.

그러자 나운상은 뾰족하게 외쳤다.

“손 떼면 칵 죽어버릴 거예요!”

“알았다.”

슈욱!

대답하자마자 기개세는 허공을 향해 비스듬히 신형을 쏘아 올렸다.

숲에서 가장 키가 큰 나무보다 대여섯 배나 더 높이 허공으로 솟구친 그는 허공중에 잠시 정지했다.

원래 지상에서 삼십여 장 높이의 허공에서는 바람이 거세게 불게 마련이다.

한순간 등실 바람에 몸을 실은 그는 목적한 방향을 향해 행운유수처럼 쏘아가기 시작했다.

슈우우…….

그저 바람결에 흐르는 한 조각의 구름처럼 흘러가는 듯하지만, 실제로는 가장 빠른 준마가 전력으로 달리는 것보다 열 배 이상 빠른 속도다.

천신록상의 경공인 신전비를 십이성까지 완벽하게 연마한
결과다.

기개세는 쏘아가기 위해서 두 다리를 움직일 필요도, 다른
어떤 동작도 취할 필요가 없다.

그저 부는 바람에 몸을 싣겠다는 생각만 하고 있으면 된다.
그것이 바로 이기어신인 것이다.

하지만 지금 그의 모습을 무림인들이 본다면 어풍비행(馭
風飛行)이라고 말할 것이다. 즉, '바람을 부려서 하늘을 비행
한다' 는 뜻이다.

이곳에서 쌍봉루까지의 거리는 이십여 리고, 이 상태로 가
면 반 다경 안에 당도할 수 있을 것이다.

그러나 나운상은 자신이 어디에 있으며 어떤 상황에 처했
는지도 모르는 듯 눈을 꼭 감은 채 반쯤 벌어진 입과 코에서
흥! 흐응! 소리만 연발하고 있었다.

제아무리 생사현관 소통에 환골탈태, 벌모세수를 통해서
성인군자가 된 기개세라지만 본래 태생이 어디 가겠는가.

더구나 자신의 두 손이 여자의 몸 중에서 가장 좋아하는 부
위를 떠받치고 있었는데, 불단에 제물 올리러 가는 사미승처
럼 얌전하게 있다면 기개세가 아닐 것이다.

그의 두 손은 탄금(彈琴)하는 연주자처럼 미친 듯이 움직이
고 있는 중이었다.

땅거미가 으스름 깔리고 있으나 쌍봉루는 영업을 시작할 준비조차 하고 있지 않았다.

더 이상 귀할 수 없는 귀빈이 와 있기 때문이다. 쌍봉루주 가란을 비롯하여 쌍봉루의 간판인 설화쌍봉까지 세 명 모두 귀빈들의 시중을 드느라 정신이 없는 상태였다.

가란의 거처에는 쌍봉루의 최고급 요리와 술들이 상다리가 부러질 정도로 차려졌다.

기무군 부부와 기화종은 오로지 아들과 손자가 보고 싶은 일념뿐이라서 입맛이 없는 상태지만, 가란과 설화쌍봉의 정성이 너무 지극해서 탁자에 둘러앉았다.

가란과 설화쌍봉 세 여자는 평소보다 더 멋을 내고 화려한 차림으로 기무군 부부와 기화종 옆에 앉아서 맛있는 요리를 골라주고 술을 따르면서 입 안의 혀처럼 굴었다.

어여쁜 그녀들의 정성이 통했는지 어느 정도 시간이 지나자 기무군 부부와 기화종은 이따금 너털웃음을 터뜨려서 세 여자를 기쁘게 했다.

기개세가 오지 않아서 초조하던 소랑은 그런 세 여자가 너무나 고마웠다.

어느새 술이 얼근하게 오른 기무군은 자신을 시중들고 있는 화봉을 보면서 벙글벙글 웃음을 감추지 못하며 물었다.

"그래, 너희들은 세아하고 어떤 관계냐?"

그러자 소랑을 제외한 모든 사람들의 시선이 일제히 화봉에게 집중되었다.

한송연과 기화종은 궁금하다는 표정으로, 가란과 설봉은 과연 화봉이 뭐라고 대답할 것인지 기대 어린 표정이었다.

원래 활짝 핀 꽃송이처럼 화사한 용모인데다, 간드러지는 교태가 일품인 화봉은 기무군의 어깨에 손을 얹고 살짝 뺨을 기대면서 콧소리를 냈다.

"기 대가는 소녀들의 지아비예요."

청천벽력 같은 대답에 모두들 놀란 얼굴로 그 자리에 딱 굳어버렸다.

가란과 설봉이라면 죽어도 그런 대답을 하지 못할 것이다. 하지만 마음속으로는 이미 오래전부터 기개세를 지아비로 여겨왔으니까 화봉이 틀린 말을 한 것은 아니었다.

기무군과 한송연, 기화종은 만면에 놀라고도 어이없다는 표정을 지으며 세 여자를 쳐다보았다.

"너희 세 명이 모두 세아의 부인이라는 말이냐?"

기무군이 억눌린 듯한 표정과 목소리로 겨우 물었다.

이왕 내뱉은 말이다. 화봉은 더욱 교태를 부리면서 몸을 비꼬았다.

"아이~ 소녀들처럼 못난 것들이 어찌 기 대가의 부인일 수가 있겠어요?"

"그… 그럼 방금 한 말은 뭐냐?"

"소녀들은 기 대가의 첩이에요."

"처… 처… 첩?"

"네, 첩."

"햐아, 그 녀석 참……."

그 순간 기개세가 무지하게 부럽다는 생각이 든 것은 기무군뿐만이 아니다. 기화종도 턱 떨어진 개처럼 입을 벌리고 세 여자를 둘러보았다.

한입 깨물어 먹어도 비린내조차 나지 않을 것처럼 아름답고 풋풋한 세 여자가 부인도 아니고 첩이라니, 사내라면 어찌 부럽지 않겠는가.

옛말에 자고로 사내란 문지방 넘을 기력만 남아 있어도 여자를 밝힌다고 하지 않던가.

그때 한송연이 한숨을 호로록 내쉬었다.

"호오, 세아가 여러분에게 못할 짓을 했군요. 부인도 아니고 첩이라니……."

그러자 이번에는 가란이 환하게 미소 지으면서 받아넘겼다.

"원래 영웅은 호색한다고 했으니, 일처삼첩(一妻三妾)이면 어떤가요?"

원래는 삼처사첩(三妻四妾)이라는 말인데, 가란은 기개세가 정실부인은 딱 한 명에 첩은 자신들 셋만 가지라는 소망으로 그렇게 말했다.

"영웅이라고? 그 녀석이? 흥!"

기개세가 골칫덩이에 말썽꾸러기 개망나니라는 인식이 아직도 골수에 깊이 뿌리박혀 있는 기무군이 어이없다는 듯 코웃음을 쳤다.

"그놈이 영웅이라면 나는 대영웅이다."

기무군은 가슴을 두드리며 어림도 없다는 듯 으스댔다.

그때 갑자기 어디선가 명랑한 말소리가 들려왔다.

"대영웅 오셨습니까?"

너무도 듣고 싶었던, 그리고 귀에 익은 목소리다.

한송연과 기무군, 기화종은 동시에 자리에서 벌떡 일어서면서 목소리가 들려온 곳을 쳐다보았다.

활짝 열려 있는 창문으로 들어온 기개세가 나운상을 앞에 안은 채 우뚝 서 있었다.

기개세를 발견한 세 사람은 그 자리에 얼어붙어 아무 말도 하지 못했다. 그저 얼굴에 더할 수 없는 반가움만 가득 떠올라 있을 뿐이다.

기개세는 비몽사몽 중인 나운상의 궁둥이를 툭툭 쳤다.

"상아, 그만 내려라."

"아… 여기가 어디에요?"

기개세가 어딜 가는지는 관심도 없는 상태로 무작정 안겨서 따라온 나운상은 바닥에 내려서며 발그레 달아오른 얼굴에 반쯤 감긴 눈으로 물었다.

기개세는 나운상을 옆으로 밀어놓고 부모와 조부를 향해

그 자리에 무릎을 꿇고 큰절을 올리면서 더없이 공손한 어조로 입을 열었다.

"할아버님, 아버님, 어머님, 그동안 별고없으셨습니까? 소자 세 분을 뵈옵니다."

기무군과 한송연, 기화종은 꿈인지 생시인지 모를 표정으로 주춤주춤 기개세에게 다가갔다.

기개세가 이런 식의 인사를 한 것은 생전 처음 있는 일이라서 세 사람은 과연 기개세가 지난 일 년여 동안 많이 변했다는 것을 실감했다.

"세아……."

언제부턴가 펑펑 울고 있는 한송연이 예전보다 더욱 크고 탄탄해진 기개세의 어깨를 잡고 일으켰다.

일어선 기개세는 빙그레 미소 지으며 한송연을 바라보았다.

"어머니, 많이 야위셨군요."

그가 두 손을 뻗어 뺨을 감싸자 한송연은 후드득 몸을 떨더니 그대로 와락 그의 품에 뛰어들며 울음을 터뜨렸다.

"세아! 흐흐흑!"

기개세는 한송연을 품에 안고 부드럽게 등을 쓰다듬었다.

"어머니, 보고 싶었어요."

그 말에 한송연은 더욱 느껍게 오열했다.

기무군과 기화종은 흐뭇한 표정으로 그 광경을 바라보는

데, 그들의 눈에도 뿌옇게 안개가 끼었다.

한옆에 서 있는 나운상은 크게 놀란 얼굴로 이 난데없이 벌어진 장면을 지켜보았다.

그녀는 기개세의 진짜 신분을 모르고 있다. 그의 진짜 신분을 알고 있는 사람은 천검사신위와 나신효 정도뿐이다.

하지만 영특한 그녀는 여기에 있는 사람들이 기개세의 친부모가 분명하고, 낙성검가에 있는 부모가 양부모라는 사실을 간파했다.

크게 놀라기는 했지만 그렇다고 해서 기개세에 대한 생각이 터럭만큼이라도 변할 이유가 없다.

한송연은 기개세의 품에서 언제까지나 떨어질 줄을 몰랐다. 마치 죽을 때까지 아들을 놓지 않으려는 듯했다.

이윽고 기개세는 두 팔로 한송연을 안더니 푹신하고 커다란 의자에 조심스럽게 앉혀주었다.

이어서 나란히 서 있는 기무군과 기화종 앞에 우뚝 섰다.

기무군과 기화종은 기개세의 모습을 머리에서 발끝까지 뜯어내듯이 세밀하게 살피면서 얼굴에 감탄과 흐뭇함이 가득 떠올랐다.

기무군은 기골이 장대한 체구인데도 기개세보다 반 뼘 정도 키가 작았다.

또한 기무군은 전체적으로 굵직굵직한 체격인데 반해서 기개세는 마른 듯 호리호리하면서도 자세히 뜯어보면 단단한 골격을 지니고 있었다.

누가 보더라도 기개세의 체격이 완벽하다는 사실을 한눈에 알 수 있을 것이다.

지난 일 년여 사이에 기개세의 외모는 몰라볼 정도로 탄탄해진 것이다.

"이놈, 잘 자랐구나."

기무군은 기개세를 쳐다보며 흐뭇하게 미소 지었다.

"흠! 젊었을 때의 날 보는 것 같구나."

기화종은 입이 함지박처럼 벌어져서 고개를 끄덕거렸다.

"아버지."

그때 기개세가 기무군 앞으로 바짝 다가들었다.

"왜… 그러느냐?"

기무군은 의아한 표정을 지었다.

"어디 한번 안아봅시다."

와락!

순간 기개세가 두 팔을 벌려 기무군을 힘껏 끌어안았다.

"이, 이놈아! 사내끼리 징그럽게 왜 이러는 게냐?"

기무군은 기개세를 뿌리치면서 질색을 했다.

"가만히 계세요. 너무 보고 싶어서 아버지 만나면 꼭 한 번 안아보고 싶었어요."

"이… 이 녀석……."

기무군은 기개세의 품에서 벗어나려고 제법 힘을 썼는데

도 마치 강철 고리에 붙잡힌 듯 꼼짝도 할 수가 없어서 적잖이 놀랐다.

그렇지만 그는 기개세의 말을 듣고는 못 이기는 척 뿌리치는 것을 그만두었다.

사실 그도 아들을 만나면 한번 힘껏 안아보고 싶은 생각이 있긴 했는데, 평생 그런 것을 해본 적이 없어서 그냥 서 있었던 것이다.

그런데 부자지간에 서로 안고 있으니까 기분이 묘했다. 흐뭇하면서도 든든한 기분이었다.

그러자 이제는 기무군이 오히려 기개세보다 더 힘을 주어 끌어안았다.

포옹이 끝나고 기개세가 한송연 곁으로 가려고 하자 갑자기 기화종이 쉿소리를 냈다.

"세아, 이놈아. 네 눈에 할아비는 안 보이는 게냐? 왜 나는 안아주지 않는 것이냐?"

"어이구! 우리 할아버지 화나셨군요."

기개세는 너스레를 떨면서 얼른 달려가 기화종을 덥석 안아주었다.

"됐다, 이놈아. 엎드려 절 받기는 싫다."

기화종은 기개세 품에서 벗어나려고 발버둥을 쳤다.

"하하하! 할아버지 이럴 때는 꼭 아기 같다니까?"

기개세는 호탕하게 웃고는 이번에는 기화종을 등에 업고

실내를 빙빙 돌아다녔다.

"할아버지, 건강하게 오래오래 사세요."

"이… 인석이……."

기화종은 울컥 눈물이 솟구치는 것을 감추려고 기개세 어깨에 얼굴을 묻었다.

한바탕 요란한 해후가 잔자누룩해지자 한송연이 한쪽에 다소곳이 서 있는 나운상을 보며 기개세에게 물었다.

"세아, 저 소저는 누구냐?"

기개세는 잠시 잊고 있었던 나운상의 존재가 생각나서 손짓으로 그녀를 불렀다.

"상아, 이리 와서 부모님과 할아버지께 인사드려라."

나운상은 우아하게 사박사박 걸어와서 공손히 포권을 하고 허리를 굽히면서 자신이 낼 수 있는 가장 상냥한 목소리로 인사했다.

"소녀는 나운상이라고 하며 낙양 성검문의 딸이에요."

"성검문……."

기무군과 기화종은 똑같이 경악하는 표정을 지으면서 중얼거렸다.

성검문은 무림팔대세가 중에서도 태극문 다음으로 큰 세력과 명성을 떨치고 있는 명문 대문파다.

그런 성검문의 딸이 기개세에게 안겨서 나타났으니 한송연과 기무군, 기화종의 놀라움은 이만저만한 것이 아니었다.

　나운상을 처음 보는 가란과 설화쌍봉은 그녀의 절세적인 아름다움에 눈을 크게 뜨고 벌린 입을 다물지 못했다.

　그녀들도 미모로는 누구에게 뒤지지 않는다고 자부를 하지만, 나운상 앞에서는 빛을 잃었다.

　그때 뭔가 생각난 가란이 나운상을 가리키면서 나직한 탄성을 터뜨렸다.

　"아! 그렇다면 당신이 바로 천하이미 중에 강북천봉 나운상 소저로군요?"

　기무군과 기화종의 턱이 동시에 떨어졌다.

　"처… 천하이미……."

　"가… 강북천봉……."

　천하에 쩌렁한 그 아호를 어찌 기무군과 기화종이 모를 리가 있겠는가.

　강호 일에는 별로 관심이 없는 한송연마저도 알고 있는 강북천봉이라는 아호를 말이다.

　도도하고 오만하며 차디차기로 소문난 나운상이지만, 기개세 부모와 조부 앞에서는 한껏 얌전한 모습으로 매초롬하게 서 있었다. 더구나 수줍음에 뺨에는 엷은 홍조까지 생겼다.

　기개세와 소랑을 제외한 모든 사람들은 나운상의 미모에 넋을 잃고 쳐다보느라 정신이 없었다.

　"소저는 우리 세아의 친구인가요?"

한참 만에 한송연이 조심스럽게 나운상에게 물었다.

그러자 나운상은 희고 긴 섬세한 손을 저었다.

"아니에요. 소녀는 대가의 첩이에요."

간이 붓다 못해서 배 밖으로 튀어나온 그녀는 기개세를 '당신'이라고 부르는 것으로도 모자라서 이젠 자신을 그의 첩이라고까지 소개하고 있었다.

그러나 그녀의 대답이 전혀 틀린 것만은 아니다. 천검사영은 죽을 때까지 혼인하지 못하고 오로지 천문주만을 모셔야 하며, 그의 잠자리 시중까지도 들어야 하는 것이 본분이기 때문이다.

"처… 첩?"

"가… 강북천봉이 세아의 첩이라고?"

사람들은 대경실색하며 기개세를 쳐다보았다. 그 말이 사실이냐는 뜻이었다.

기개세는 천검사영의 여자들, 즉 나운상과 우림이 첩의 개념도 갖고 있다는 말을 도기운에게 들은 적이 있었으므로 그녀의 말이 틀린 것은 아니라고 생각했다.

"그렇습니다. 상아는 제 첩입니다."

기개세가 고개를 끄덕이자 나운상은 더할 수 없이 기쁜 표정을 지었다.

반면에 기개세 가족과 가란 등은 경악을 금치 못했다. 천하이미 중 한 명인 강북천봉이 부인도 아니고 일개 첩이라니,

천하의 남자들이 이 사실을 알면 기개세를 죽이려고 몰려들 것이 분명했다.

그때 한송연이 놀라는 얼굴로 중얼거렸다.

"첩이 세 명씩이나 있는데 또 첩이라는 말인가?"

그 말에 나운상은 안색이 싸늘하게 변했고, 가란과 설화쌍봉은 화들짝 놀랐다.

그러나 나운상은 급히 얼굴을 부드럽게 바꾸고 한송연에게 공손히 물었다.

"어머님, 다른 세 명의 첩이 누군가요?"

마치 몇 년 동안 불러왔던 것처럼 '어머님'이라는 말을 술술 잘도 하는 나운상이다.

한송연은 그런 나운상이 싫지 않은 듯 고개를 돌려 가란과 설화쌍봉을 가리켰다.

"여기 세 사람이에요."

그런데 가란과 설화쌍봉은 고개를 푹 숙인 채 얼굴을 들지 못했다.

나운상은 세 여자를 처음 본다. 하지만 천검사영으로서 기개세의 주변인에 대해서 알고 있어야 하기 때문에 그녀들이 쌍봉루의 루주인 가란과 기녀인 설화쌍봉일 것이라고 짐작할 수 있었다.

"감히 네깟 것들이 대가의 첩이라는 말이냐?"

순간 나운상의 호통이 쨍 하고 터졌다.

털썩! 털썩!

그러자 소스라치게 놀란 가란과 설화쌍봉이 그 자리에 무너지며 무릎을 꿇고 머리를 조아렸다.

"죽을죄를 지었습니다! 제발 용서해 주세요!"

"천한 것들이라 무지해서 죄를 범했어요. 부디 용서를……."

세 여자는 온몸을 바들바들 떨면서 비 오듯이 눈물을 흘리며 용서를 빌었다.

기무군과 기화종은 그녀들이 매우 가련하다는 생각이 들었으나 자신들이 나설 일이 아니라서 가만히 있었다.

그때 기개세가 세 여자를 직접 일으켜 주었다.

"일어나라. 너희는 잘못한 것이 없다."

"기 대가."

기개세는 양팔로 세 여자의 어깨를 감싸고 나운상을 보며 진지한 얼굴로 타일렀다.

"상아, 이들은 내가 세상에 처음 나와서 알게 된 친구들로서 나하고는 순치보거(脣齒輔車)하는 사이다."

즉, 입술과 치아, 수레의 덧방나무와 바퀴처럼 따로 떨어지거나 없어서는 안 될 존재라는 뜻이다.

그 말에 가란과 설화쌍봉은 크게 감격하여 울먹울먹하다가 결국 기개세의 넓은 가슴과 어깨에 얼굴을 묻고 와앙! 하고 울음을 터뜨렸다.

　기무군과 기화종은 순치보거가 무슨 뜻인지는 모르지만 필경 좋은 뜻일 것이라 생각하고 고개를 크게 끄덕이며 흡족한 표정을 지었다.

　"앞으로 사이좋게 지내도록 해라."

　다른 사람에게는 표독하고 냉정하지만, 기개세 말이라면 무조건 맹종하는 나운상이었다.

　"그녀들이 정말 대가의 첩인가요?"

　하지만 끊고 맺음이 칼로 자르듯 분명한 그녀의 성격이 유감없이 발휘되고 있었다.

　"그래."

　기개세는 추호의 망설임도 없이 즉각 대답했다. 하지만 별다른 이유는 없었다.

　앞으로 나운상과 세 여자가 다투는 일 없이 사이좋게 지내기를 바라는 마음에서 가란 등이 자신의 첩이라고 인정한 것뿐이었다.

　그렇지만 그 말을 들은 가란과 설화쌍봉은 온몸이 바들바들 떨리도록 기쁘고 또 감격을 했다. 그녀들에게 지금은 인생 최고의 순간이었다.

　나운상은 어쩔 수 없다는 듯 체념한 표정이더니 곧 방실방실 미소 지으면서 입을 열었다.

　"알았어요. 앞으로는 사이좋게 지내겠어요."

　이어서 가란과 설화쌍봉의 손을 일일이 잡으면서 통성명

을 하며 인사를 나누었다.

분위기가 다시 화기애애하게 변하자 화봉이 나운상과 가란, 설봉을 돌아보면서 촉빠르게 말했다.

"앞으로 우리 힘을 합쳐서 기 대가의 일처사첩(一妻四妾)을 철저히 지켜내도록 해요."

나운상이 의아한 얼굴로 물었다.

"사첩이 우리 네 사람이라는 것은 알겠는데 도대체 일처는 누구죠?"

화봉이 당연하다는 얼굴로 대답했다.

"그야 물론 강남천궁 소옥군 소저지요."

"아……."

나운상은 고개를 끄덕였다. 기개세가 소옥군을 어떻게 생각하는지 잘 알고 있는 나운상으로서는 추호도 이의를 제기할 일이 아니었다.

화봉의 말에 또다시 소스라치게 놀란 사람은 한송연과 기무군, 기화종 세 사람이었다.

"가… 강남천궁 소옥군이라니……. 설마 항주성 운예문의 그 강남천궁이 세아의 부인이라는 말인가?"

기무군이 놀란 얼굴로 더듬거리면서 묻자 나운상과 가란, 설화쌍봉이 종달새처럼 입을 모아 대답했다.

"네!"

"처… 천하이미를 부인과 첩으로……."

기무군은 기가 질린 표정으로 기개세를 쳐다보았다.

기개세는 머슬머슬한 얼굴로 머리를 긁적였다.

"하지만 요즘 옥군하고 사이가 좋지 않아서……."

"이 녀석!"

기무군은 기개세의 어깨에 팔을 두르면서 호탕한 너털웃음을 터뜨렸다.

"헛헛헛! 아비가 이루지 못한 꿈을 네가 이루었구나! 정말 장하다!"

도대체 아비의 꿈이 무엇이고, 또 뭐가 장하다는 것인지…….

第八十四章
아버지를 수하로

영업을 하지 않고 문을 굳게 닫아건 쌍봉루에서는 밤늦도록 웃음소리가 그치지 않았다.

커다란 탁자에 빙 둘러앉은 기개세와 가족들, 나운상, 가란, 설화쌍봉, 그리고 소랑은 화기애애한 분위기 속에서 웃음꽃을 피웠다.

평소에는 술을 절대 입에 대지 않는 소랑과 한송연마저도 이날만큼은 술을 마셨다.

술자리의 화젯거리는 대정숙 내에서의 기개세의 생활상이었다. 그리고 그 애기를 처음부터 끝까지 나운상이 하나씩 차근차근 설명했다.

기개세가 대정숙에서 언제나 타의 모범이었으며, 능소지
라는 파벌을 만들어 그곳의 친구들을 지도하고 이끌어 한 명
의 낙오자도 없이 한날한시에 대정숙을 수료하게 만들었다는
말을 들었을 때에 가족들은 도저히 믿을 수 없다는 얼굴로 기
개세를 쳐다보았다.

가족들은 기개세가 더 이상 옛날의 개망나니가 아니고, 또
대정숙을 만점으로 입교, 수료했다는 사실을 알게 되었으면
서도 그런 사실들을 현실로 받아들이기가 어려웠다. 그만큼
과거의 기개세는 개망나니였던 것이다.

기개세 양옆에는 나운상도, 가란이나 설화쌍봉도 앉지 못
했다. 자리다툼을 벌일 계제가 아닌 것이다.

기개세 오른쪽에는 소랑이, 왼쪽에는 한송연이 앉았다.

나운상과 가란, 설화쌍봉은 소랑이 기개세에게 어떤 존재
인지 알고 있기 때문에 그녀가 그의 곁에 앉는 것에 대해서
추호도 불만을 품을 수가 없었다. 그렇다고 어머니인 한송연
의 자리를 탐낼 수도 없는 일이었다.

"오늘은 정말 기분이 좋다! 하하하!"

기개세는 소랑을 업고 침실로 들어서며 유쾌하게 웃었다.

그는 다른 여자들을 다 뿌리치고 소랑만 데리고 왔다. 그
정도로 그에게 소랑은 소중한 존재였다.

그는 소랑을 침상에 내려놓더니 그대로 대자로 누워서 잠

이 들어버렸다.

소랑은 기개세 옆에 앉아서 한참 동안이나 그의 잠든 모습을 바라보면서 훈훈한 미소를 지었다.

일 년 내내 차가운 표정을 풀지 않는 그녀가 미소를 짓는 유일한 시간이 지금이다.

이윽고 소랑은 기개세의 옷을 하나씩 벗겨서 잠시 후에는 알몸으로 만들었다. 기개세가 알몸으로 자는 버릇을 잘 알고 있었기 때문이다.

이어서 그녀는 자신도 옷을 모두 벗고 똑바로 누운 기개세 몸 위에 엎드려 그의 가슴에 뺨을 대고 눈을 감았다.

그런 자세 역시 예전부터 기개세가 바라는 것이다. 또한 소랑 역시 이렇게 잠잘 때가 제일 편하고 행복했다.

소랑은 이불을 끌어다 덮고는 잠시 후에 잠이 들었다.

사르르.

방문이 소리없이 약간 열리고 한 사람, 아니, 한 여자가 종 종걸음으로 살금살금 걸어 들어왔다.

그녀는 다름 아닌 나운상이었다.

열 달 가까이 기개세와 꼭 붙어 잠자던 습관이 들어서 이제는 혼자서는 결코 잠을 이룰 수가 없기에 몰래 그의 방에 숨어들어 온 것이다.

그녀는 평소의 습관대로 옷을 모두 벗고 젖 가리개와 속곳만 남긴 채 살금살금 이불 속으로 들어가서 기개세 옆에 가만히 누웠다.

익숙한 체온과 기개세만의 체취가 은은하게 풍기자 그제야 마음이 놓였다.

그때 나운상 쪽으로 얼굴을 향한 채 자고 있던 소랑이 가만히 눈을 떴다.

소랑과 눈이 마주친 나운상은 찔끔하는 표정을 지었다.

그때 소랑이 나운상에게 전음을 보냈다.

[오빠는 알몸을 좋아해요. 살결이 맞닿는 것을 좋아하죠.]

나운상은 환한 표정을 짓더니 곧 젖 가리개와 속곳을 벗어던지고 기개세 옆에 그를 향해 누웠다.

그리고는 기개세의 다리 하나를 자신 쪽으로 잡아당겨서 허벅지 사이에 꼭 끼고는, 소랑의 배 아래로 팔을 찔러 넣어 기개세를 꼭 끌어안았다.

기분이 최고조로 푸근해진 나운상은 비로소 눈을 감고 잠을 청했다.

오래지 않아서 나운상과 소랑은 잠이 깼다.

가란과 설화쌍봉이 살금살금 방에 들어왔기 때문이다.

그녀들은 침상 아래에서 활활 옷을 모두 벗고 알몸이 되더니 추호의 망설임도 없이 침상 위 이불 속으로 쏙쏙 스며들어왔다.

제일 먼저 이불 속에 들어온 가란이 운 좋게도 기개세 옆자리를 차지했고, 설화쌍봉은 가란 뒤쪽과 나운상 뒤쪽에서 그녀들을 꼭 끌어안았다.

설화쌍봉은 손을 뻗어도 기개세의 몸을 만질 수가 없었다. 그래도 괜찮았다. 기개세 곁에서 잠들 수만 있다면 그보다 행복한 일은 없었다.

짓궂은 화봉은 나운상을 끌어안더니 그녀의 젖가슴을 만지작거렸다.

나운상은 간지러웠으나 가만히 있었다. 잠시가 지나자 그녀는 화봉이 마치 자매 같다는 생각이 들었다.

아니, 이불 속에 함께 누워 있는 소랑과 가란, 설화쌍봉 모두에게서 훈훈한 자매애 같은 것이 느껴졌다.

그때 나운상은 이상한 움직임을 느꼈다. 하나의 손이 기개세의 음경을 만지작거리기 시작한 것이다. 그리고 그것이 가란의 손이라는 사실과 매우 익숙한 손동작이라는 사실을 깨달았다.

나운상은 가란과 설화쌍봉이 예전에도 이렇게 알몸으로 서로 부대끼면서 스스럼없이 기개세의 음경을 만지면서 잤을 것이라고 생각했다.

그렇다면 손장난이 심한 기개세라고 가만히 있었을 리가 없었다. 그도 그녀들의 몸과 은밀한 부위를 만졌을 것이다.

나운상은 가만히 손을 뻗어 가란과 함께 기개세의 음경을 만지기 시작했다.

그의 음경은 가란의 손동작으로 인해서 벌써 몽둥이처럼 단단하게 커진 상태였다. 그러므로 두 여자가 만지기엔 부족함이 없는 크기였다.

소랑은 자신의 옥문 바로 아래에서 두 여자의 손이 부지런히 손장난을 하고 있는데도 새근새근 고른 숨소리를 내면서 잘도 자고 있었다.

그날 밤, 나운상은 기개세에게 한 걸음 더 가까이 다가갔으며, 네 여자와 허물없이 친해졌다.

이른 아침.

밤새 아들이 너무 보고 싶었던 한송연은 동이 트기 무섭게 기개세의 방으로 찾아왔다.

아들의 곤히 잠든 모습이라도 봐야지만 숨통이 트일 것만 같은 심정이었다.

그런데 창틈으로 스며든 부윰한 아침 햇살에 비친 침상의 모습이 조금, 아니, 많이 이상했다.

기개세는 이불 밖으로 얼굴만 내놓은 채 잠든 모습인데, 이불 속의 그의 몸이 너무 비대하게 보이는 것이다.

이상하게 여긴 한송연은 조심스럽게 이불을 걷었다.

"……!"

그 순간 그녀는 소스라치게 놀라서 하마터면 비명을 지를 뻔했다.

기개세의 몸 위에는 알몸의 소랑이 두 다리를 활짝 벌린 채 잠들어 있었다.

그뿐이 아니라, 좌우에는 역시 알몸의 나운상과 가란이 기개세의 다리 하나씩을 차지한 채 허벅지 사이에 꼭 끼고 있었고, 그녀들의 손은 흡사 침상 한복판에서 솟아오른 몽둥이 같은 기개세의 커다랗고 단단한 음경을 꼭 잡은 채 자고 있었다.

게다가 알몸의 설화쌍봉은 나운상과 가란의 뒤에서 그녀들을 꼭 끌어안은 채 젖가슴을 만지고 있었다.

화등잔처럼 커진 한송연의 시선이 다섯 여자의 알몸을 부유하듯이 훑어보다가 마지막에 아들의 음경에 고정되었다.

다음 순간 한송연은 자지러질 듯이 몸을 떨고는 도망치듯이 방 밖으로 달려나갔다.

빠른 걸음으로 낭하를 걸어가는 한송연의 가슴은 미친 듯이 방망이질 치고 얼굴은 새빨갛게 달아올랐다.

그녀는 두 손으로 가슴을 지그시 누르며 계속 같은 말을 반복해서 중얼거렸다.

“우리 아들은 영웅이잖아, 영웅. 괜찮아. 영웅은 호색이야. 일처사첩. 그래, 일처사첩이야.”

아침 식사를 마친 후에 기개세를 비롯해 모두는 내실에 모여 앉았다.

그 자리에는 어젯밤에 없었던 형곤 등 삼야차도 끼어 있었다. 그렇지만 그들은 감히 앉지 못하고 한쪽 옆에 나란히 서 있었다.

기개세는 이제 매우 중요한 사실을 가족들에게 털어놓아야만 한다.

자신의 신분에 대해서 솔직하게 말하고, 또 기무군에게 한 가지 부탁을 해야 하는 것이다.

기개세가 어디에서부터 어떻게 이야기를 풀어야 할지를 곰곰이 생각하고 있을 때, 뜻밖에도 나운상이 첫 단추를 풀기 시작했다.

"아버님, 할아버님, 무림 사상 가장 위대한 전설이 무엇인지 알고 계세요?"

그녀는 며느리라도 된 양 더없이 사근사근하고 애교스러운 표정으로 말문을 열었다.

"전설?"

"네. 무림뿐만이 아니라 천하의 전설이라고 해도 상관이 없겠네요."

두 사람은 생각해 볼 것도 없다는 듯 즉시 대답했다.

"그야 천검신문이 아니겠느냐?"

"천검신문이야말로 천하를 여덟 차례나 구해준 최고의 신(神)이지. 암."

나운상은 배시시 미소를 지었다.

"만약 기 씨 가문에서 천문주가 나온다면 두 분께선 어떠시겠어요?"

그런 말만으로도 기무군과 기화종은 펄쩍 뛰며 두 손을 휘휘 내저었다.

"아이구! 말도 말아라, 애야. 우리 가문에서 천문주가 나오다니, 전대 천문주들께서 들으면 진노하시겠다."

"그래도 상상하는 것은 죄가 아니잖아요? 그러니까 한번 생각해 보세요. 정말 그런 일이 일어난다면 어떠시겠어요?"

나운상이 조곤조곤하게 재차 묻자 두 사람은 서로의 얼굴을 쳐다보고 나서 기개세를 쳐다보았다.

"우리 가문에서 천문주가 나온다는 것은 세아가 천문주가 된다는 것인데……."

기개세는 빙그레 미소 지을 뿐 아무 말도 하지 않았다.

기무군은 조심스럽게 상상하는 것만으로도 입이 함지박처럼 크게 벌어졌다.

"허허헛! 만약 세아가 천문주가 된다면 나는 너무 기뻐서 백주대로에서 벌거벗고 덩실덩실 춤이라도 출 수 있다. 아니, 천하 최고의 가문이 되는 일인데 그보다 더한 것인들 할 수 없겠느냐?"

"나도다, 아범아."

기화종도 벙글거리며 거들었다.

나운상은 섬섬옥수로 입을 가리며 웃었다.

"호홋! 약속하셨어요, 두 분?"

"무엇을?"

"두 분 다 백주대로에서 벌거벗고 춤을 추겠다고 말씀하셨 잖아요."

"그거야 세아가 천문주가 된다면 말이지. 하지만 그럴 가 능성은 일 푼어치도 없다. 그러니까 우리가 벌거벗고 백주대 로에서 춤을 출 일도 없는 것이지."

나운상은 희고 긴 손가락 하나를 치켜세웠다.

"남아일언."

기무군과 기화종은 멋모르고 입을 모아 말을 받았다.

"중천금이다."

나운상은 기개세를 바라보며 요염한 미소를 지었다.

"다음은 당신이 하세요."

그런데 문득 기무군과 기화종은 뭔가 심상치 않음을 느꼈 다. 이야기가 이상하게 돌아가고 있는 느낌이었다.

무엇인지 알 수는 없으나 곧 대단한 일이 벌어질 것 같은 불길한(?) 예감이 강하게 들었다.

두 사람은 마른침을 꼴깍 삼키며 기개세를 쳐다보았다.

"뭐냐? 세아 너, 할 말이 있는 게냐?"

기개세는 빙그레 미소 지으면서 고개를 끄덕였다.

"그렇습니다, 아버지."

"말… 해봐라."

기개세의 미소 때문에 더 불안한 마음이 된 기무군이 어정쩡하게 말했다.

"아버지와 할아버지께선 벌거벗고 백주대로에서 춤을 추셔야 할 것 같습니다."

"그러니까… 네 말은……."

"아범아, 세아의 말은 자신이 천문주라는 것 같구나."

기화종은 가르치듯이 기무군에게 말했다.

그러다가 두 사람 다 뜨악한 표정을 지었다. 기무군은 기화종의 말 때문이고, 기화종은 자신이 무슨 말을 한 것인지 뒤늦게 깨달았기 때문이다.

"인석아, 농담을 하더라도 천검신문에 대한 것은 하지 마라. 불경스럽다."

기무군이 넌지시 기개세를 꾸짖었다. 하지만 마음속 한 귀퉁이에는 여전히 불안한 앙금이 남아 있었다.

기개세는 허리와 상체를 꼿꼿하게 펴고 두 사람을 보면서 빙그레 미소를 지었다.

"아버지, 할아버지, 저는 제구대 천문주입니다."

순간 기무군과 기화종은 눈을 커다랗게 뜨고 놀랐다. 하지만 두 사람은 곧 기개세를 꾸짖었다.

"인석아, 그런 무지막지한 농담은 하지 말라니까."

"세아, 농담도 좋지만 네가 천문주라는 것은 너무 심하다."

그러나 두 사람은 다음 말을 잇지 못했다. 늠연하게 앉아 있는 기개세 뒤쪽에서 갑자기 부융한 광휘가 안개처럼 피어나는 것을 발견한 것이었다.

아니, 그 광휘는 비단 두 사람만이 아니라 실내에 있는 모든 사람에게 보였다.

기개세 배후의 광휘는 점점 더 강하고 찬란해지더니 어느 한순간 커다란 한 마리 새가 날개를 활짝 펼치고 있는 장엄하고 휘황찬란한 광경으로 변했다.

“아아…….”

“오…….”

사람들 입에서 탄성이 새어 나왔다.

그것은 바로 가루라염이었다.

나운상을 제외한 실내의 모든 사람은 가루라염을 생전 처음 보는 것이라서 혼비백산한 표정을 지을 수밖에 없었다.

가루라염을 두 번째 보는 나운상도 눈부신 듯한 표정을 지으며 고즈넉이 말문을 열었다.

“가루라염이에요. 천문주를 상징하는 징표(徵表)예요.”

실내의 사람들은 기개세의 겨레붙이인 한송연과 기무군, 기화종을 제외하고 모두 그가 천문주라는 사실을 알고 있으면서도 가루라염을 보면서 경건해지는 마음을 느꼈다.

지금 기개세의 배후에 나타난 가루라염은 그가 대정숙 시절에 보여주었던 것하고는 비교할 수 없을 정도로 찬란하고 또 뚜렷했다. 그 이유는 그 당시에 비해서 공력이 엄청 증진되었기 때문이다.

기개세가 천문주라고 백번 설명하는 것보다 가루라염을 한 번 보여주는 것이 훨씬 더 효과가 있었다.

모두들 경악에 경악을 더한 표정을 지으면서 가루라염을 바라보기만 할 뿐 아무도 입을 열지 않았다. 아니, 입을 열 수가 없었다.

스으으…….

그때 찬란한 광채를 뿜어내던 가루라염이 빠르게 흐릿해지더니 순식간에 사라져 버렸다.

그런데도 기무군이나 한송연, 기화종의 얼굴에서는 경악지색이 사라지지 않았다.

그들은 기개세가 마치 부처님이나 되는 것 같은 느낌을 떨칠 수가 없었다.

의자에 늠름하게 앉아 있는 사람은 자신들의 아들, 손자가 아니라 하늘에서 하강한 천신 같다는 생각이 들었다.

"들어와라."

그때 기개세가 잔잔한 어조로 입을 열었다.

그러자 곧 방문이 열리면서 도기운이 당당한 모습으로 걸어 들어왔다.

어제 기개세가 이곳으로 올 때 천검사영의 나머지 세 명도

암중에 따라와서 쌍봉루 안팎에서 호위했다.

그런데 기개세는 아침에 깨어나자마자 도격에게 도기운을
부르라고 지시했던 것이다.

실내로 성큼성큼 걸어 들어오는 도기운을 발견한 순간 기
무군은 크게 놀라고 기화종은 안색이 가볍게 변했다. 기무군
은 자신도 모르게 자리에서 벌떡 일어서기까지 했다.

그가 누군지 한눈에 알아봤기 때문이다. 무창성에서 지척
지간인 악양성에 위치한 태극문의 문주 도기운을 두 사람이
알아보지 못할 리가 없었다.

원래 당금 무림의 정파나 마도에서는 사파를 별로 중요하
게 여기지 않는다.

무림은 정파와 마도 양대 축(軸)이 이끌어가는 것이고, 사
파는 그저 주워온 자식처럼 더부살이를 하는 것이라고 취급
하는 것이다.

오랜 세월 동안 그래 왔기 때문에 사파는 정파와 마도를 경
원시하고 한편으로는 부딪치는 것을 두려워했다.

그렇기 때문에 기무군은 느닷없는 도기운의 출현에 적잖
이 긴장하면서도 불쾌한 심기와 경계심을 동시에 얼굴에 드
러냈다.

기개세가 천문주일지도 모른다는 사실 때문에 경악하고
있는 기무군 등에게 도기운의 출현은 또 다른 형태의 놀라움
을 안겨주었다.

기개세는 가족의 놀라움을 짧고 굵게 끝내기를 원했다.

"이 사람은 내 수하입니다. 천검오신위의 한 명이지요."

천검사호문에 낙성검가가 추가되면서 천검오호문이 됐다.

기개세는 가족들의 얼굴에 파도처럼 놀라움이 번지는 것을 보면서 말을 이었다.

"다른 네 명은 성검문과 뇌룡문, 취봉문, 낙성검가의 문주, 가주들입니다."

이렇게 된 이상 기무군 등은 기개세가 천검신문의 문주, 즉 천문주라는 사실을 믿지 않을 수가 없게 되었다.

태극문주 도기운이 누군가. 강남무림의 절대자가 아닌가. 그를 수하로 부릴 수 있는 사람은 천하에 한 명도 없다. 있다면 하늘에서 내린 천문주뿐일 것이다.

기개세는 도기운에게 부모와 기화종을 가리켰다.

"도기운, 부모님과 할아버지께 인사드려라."

반백의 머리카락에 신선 같은 풍모를 지닌 당당한 도기운이 기무군과 한송연, 기화종을 향해 포권하면서 깊숙이 허리를 굽혔다.

"도기운이 태군과 태부인, 태조(太祖)를 뵈옵니다."

기무군은 화들짝 놀라고 기화종은 가볍게 안색이 변했다.

하지만 두 사람은 당금 사파의 최고 우두머리, 즉 일파종사(一派宗師)이고, 과거에 일파종사였던 거물들이라서 놀라움은 그리 길지 않았다.

기무군은 마음을 가다듬고 도기운에게 마주 포권하며 허리를 굽혔다.

한송연은 무림의 여자가 아니기 때문에 살포시 고개를 숙여 보였다.

하지만 기화종은 의자에서 일어나지도 않은 채 고개만 까딱거렸다.

인사가 끝나자 기개세는 고삐를 늦추지 않고 진중한 표정으로 입을 열었다.

"아버지께서 여섯 번째 천검신위가 돼주셔야겠습니다."

"뭐… 뭐라?"

소스라치게 놀라는 기무군과 기화종.

기개세는 차분하게 설명했다.

"머지않아서 삼황사벌이 중원을 침공할 것입니다. 그러므로 우린 그전까지 최대한 세력과 힘을 길러둬야만 합니다."

기무군은 너무도 빠르게 돌아가는 상황에 감정과 이성이 미처 따라가지를 못했다.

그러나 두 가지 사실만은 분명하게 인지하고 있었다.

자신의 아들 기개세가 제구대 천문주라는 분명한 사실.

천문주가 기무군 자신을 천검신위로 임명한다는 사실이

었다.

그렇지만 기무군은 곧 씁쓸한 표정을 지었다.

"우리는 사파다. 어찌 천검신문을 호위할 수 있겠느냐?"

정파도 아닌 사파가 하늘이 내린 문파 천검신문의 이름을 더럽힐까 봐 우려하는 것이다.

"사파이기 전에 중원인입니다. 그리고 사파가 뭐가 어떻습니까? 저는 아버지나 할아버지가 악행을 저지르는 것을 한 번도 본 적이 없습니다. 사파총련은 많은 기업을 정당하게 운영하고 여러 사업을 하고 있지 않습니까? 그로 인해서 편안하게 먹고사는 사람들이 수백만 명은 될 것입니다."

기무군과 기화종은 기개세가 사파에 대해서 강한 자부심을 갖고 있다는 사실을 느끼고 가슴이 벅찼다.

"그렇기는 하다만……."

그런데도 기무군은 선뜻 그러겠다고 대답하지 못했다. 마음이야 굴뚝같지만 아무래도 사파가 태극문 등과 어깨를 나란히 한다는 사실이 마음에 걸렸다.

"하세요."

그때 한송연이 차분한 어조로 불쑥 말했다.

기무군과 기화종이 가볍게 놀라는 얼굴로 쳐다보자 한송연은 정색하고 기개세를 바라보며 말을 이었다.

"다른 것은 아무것도 생각할 필요 없어요. 당신은 단지 자랑스러운 아들을 도와서 외세로부터 천하를 구한다는 생각만

하면 되는 거예요.”

“음!”

한송연의 말을 듣고 있는 동안 기무군은 알 수 없는 한줄기 전율이 뒷골에서부터 등줄기를 훑는 것을 느끼고 묵직한 신음을 흘렸다.

‘아무것도 생각할 필요 없다. 자랑스러운 아들을 도와서 천하를 구한다는 생각만 하면 된다는 말이렷다.’

내심 그렇게 힘주어 중얼거리면서 기개세를 쳐다보았다.

문득 기무군은 기개세가 태산처럼 거대하고, 또 온몸에서 찬란한 광휘가 발산되는 것을 보았다.

“도기운, 내 결정을 어떻게 생각하느냐? 솔직히 대답해 봐라.”

기개세가 묻자 도기운은 즉시 대답했다.

“천하를 구하고 위하는 일에는 신분을 따져서는 안 된다고 생각합니다.”

기무군의 이마와 목에 굵은 힘줄이 불끈불끈 솟았고, 자신도 모르게 움켜쥔 두 주먹에 잔뜩 힘이 들어갔다.

“하겠다!”

이윽고 그는 짧고 힘차게 대답했다.

“무조건 따를 테니 부디 잘 이끌어다오.”

그는 허리를 꼿꼿이 세우고 상체를 활짝 펴면서 웅혼한 어조로 말했다.

도기운이 엄숙한 일성을 발했다.

"예를 갖추시오."

기무군은 기개세 앞에 섰다가 그 자리에 무릎을 꿇고 공손히 이마를 바닥에 댔다.

"속하 기무군이 천문주께 목숨을 맡깁니다."

비록 아들에게 부복하고 있지만, 기무군은 당장에라도 가슴이 터질 것처럼 기쁘고 감격스러웠다.

기개세는 가볍게 고개를 끄덕이고는 또렷한 어조로 명령을 내렸다.

"기무군은 즉시 사도총련으로 돌아가서 정예고수를 선발하여 낙양성으로 오도록 하라."

"명을 받듭니다."

"일류고수 이상의 실력을 지닌 정예를 몇 명 정도 선발할 수 있겠는가?"

기무군은 망설임없이 즉답했다.

"오천 명 정도는 가능할 것입니다."

그 말에 도기운은 적잖이 놀란 표정을 지었다. 예상했던 것보다 몇 배나 많기 때문이다. 그러나 그는 곧 진중한 표정을 지었다.

"오합지졸이 아니라 진짜 정예를 말하는 것이오."

도기운의 말에 부복한 기무군의 육중한 체구가 움찔 가볍게 떨렸다.

이어서 그는 천천히 고개를 들고 도기운을 쳐다보았다. 깊숙하게 가라앉은 눈 속에서 잔잔한 투지가 일렁거렸다.

"사도구련 전체의 사도고수가 이십오만이오. 그중에서 정예고수가 오천도 안 될 것 같소?"

도기운은 침착하게 설명했다.

"수만 많고 쓸모가 없으면 오히려 거추장스럽기 때문이니 곡해는 하지 마시오."

듣고 있던 기화종이 슬쩍 콧등을 찡그렸다.

"쯧쯧… 흑철(黑鐵)은 아들을 의심쟁이로 키웠군?"

그러자 도기운은 안색이 흠칫 가볍게 변해서 급히 기화종을 쳐다보았다.

칠 년 전에 죽은 도기운의 부친은 생전에 가끔씩 '난제막우(難弟莫友)'라는 말을 들려주었었다.

난제막우란 '까다로운 아우와 둘도 없는 벗'이라는 뜻으로 풀이할 수 있다.

그리고 그 '난제막우' 두 사람만이 도기운의 부친을 '흑철'이라고 불렀다는 것이다.

도기운의 부친 이름은 도무철(途武鐵)이다. 그는 얼굴이 검고 이름 중에 쇠 '철(鐵)'자가 들어 있어서 난제막우가 장난삼아 '흑철'이라 불렀다고 한다.

또한 부친 도무철은 평생 동안 강호를 주유하면서 자신과 백 초 이상 겨룰 수 있는 실력을 지닌 고수를 단 두 명밖에는 만나지 못했는데, 그들이 바로 난제막우라고 말했다.

"설마 난제막우……."

도기운이 놀라서 중얼거리자 기화종은 껄껄 웃었다.

"허허헛! 노부가 막우다."

"아……."

"난제는 마도인이고 막우는 사파인이라서 흑철은 드러내 놓고 우리를 친구로 사귀지 못했던 게지."

도기운이 가장 존경했으며 또 넘으려고 했던 인물이 부친 도무철이었다.

예전 도무철은 전성기에 가히 무림제일인으로 불릴 만큼 가공한 무위를 자랑했었다.

도기운은 이날까지 오직 부친이라는 거대한 벽을 넘기 위해서 혼신의 노력을 쏟았다.

그 결과 현재는 노력이 결실을 거두어 과거 부친의 실력과 비슷한 수준이 되었다.

기화종은 빙그레 미소 지으면서 뼈있는 한마디를 던졌다.

"어때? 자네 노부하고 한판 드잡이를 벌여보려나?"

그러나 도기운은 몸가짐을 바르게 하더니 기화종에게 공손히 포권하며 허리를 굽혔다.

"소질 도기운이 막우 숙부님을 뵈옵니다."

기화종이 도무철보다 다섯 살 어리지만 두 사람은 절친한 친구가 되었었다.

기화종은 껄껄 웃으면서 손을 저었다.

"사파의 오합지졸 영감에게 무슨 인사를……. 그만두게."

조금 전에 도기운이 사파를 싸잡아서 오합지졸이라느니 뭐라느니 모욕한 것에 대한 불쾌한 속내를 은근히 드러내는 기화종이었다.

도기운은 얼굴을 붉히더니 정중하게 사과했다.

"결례를 범했으니 부디 용서해 주십시오."

어른이라서 무조건 사과하는 것이 아니었다. 기화종이 자신의 부친과 백 초 이상을 겨룰 수 있다면 어쩌면 도기운을 능가하는 절정고수일지도 몰랐다.

그 정도의 거물이 전대 사파종사였으면 아들 기무군을 섣불리 가르치지는 않았을 것이다.

또한 그런 인물들 휘하에 있는 사파고수들, 특히 기무군이 정예고수라고 지목한 오천 명은 절대로 오합지졸일 리가 없다고 판단한 것이다.

도기운은 아직도 기개세 면전에 무릎을 꿇고 있는 기무군에게도 포권을 하며 정중히 허리를 굽혔다.

"큰 결례를 범했소. 용서하시오."

기무군은 빙그레 미소 지었다.

"벌써 잊었소. 마음에 두지 마시오."

도기운 정도의 거물이 허리를 굽히면서 사과하는 일은 절

대로 쉬운 일이 아니다. 기무군은 그것을 흔쾌히 받아들인 것
이다.
　실수를 한 도기운이 즉시 사과를 한 것이나, 그것을 즉각
받아들인 기무군은 과연 일파종사다운 통이 큰 인물들이었
다.

第八十五章
천검신문의 재탄생

　기무군은 기화종과 함께 무창성으로 돌아가고, 기개세는 모친 한송연을 모시고 일행과 함께 낙성검가로 돌아왔다.

　기무군은 사도총련과 사파를 재정비하고 오천 명의 사파 정예고수를 선발하러 갔다.

　기무군이 임무를 마치고 낙양성에 오면 정식으로 천검육신위(天劍六神位)가 될 것이다.

　천문주가 낙양성에 있으므로 천검육신위 여섯 명과 그들의 정예 세력도 낙양성에 포진하고 있어야 한다.

　기무군이 얼마나 걸릴지 모르지만 한송연은 그가 올 때까지 낙성검가에서 머물 예정이다.

　아니, 앞으로 기무군은 낙양성 기개세의 최측근에서 머물 것이므로 한송연도 기개세와 함께 있게 될 것이다.

　낙성검가에 돌아온 기개세는 도기운을 제외한 천검사신위와 팔대명왕, 그리고 하여상 등에게 두루 한송연을 소개했다.

　아울러서 기개세는 자신의 신분을 측근들에게 밝혔다. 그렇지만 그가 사도총련주의 외아들이라는 사실은 이제 아무런 문제도 되지 않았으며, 그 사실을 알게 된 사람들도 별로 놀라지 않았다.

　사실 기개세를 비롯하여 그의 측근들은 더 이상 신분 같은 것에 연연하지도 구애받지도 않는다.

　모두들 천검신문이라는 지상 최고의 문파에 속한 천호고수들이기 때문이다.

　"그러니까 세아, 독고비라는 여자아이를 만나게 되면 조심해야 한다."

　독고비가 사도총련에 찾아와서 기무군과 기화종에게 어떻게 했었는지를 기개세에게 자세히 설명한 한송연은 말끝에 그렇게 신신당부를 했다.

　기개세는 빙그레 미소 지었다.

　"대정숙에서 기개세라는 이름으로 사람을 찾는다면 아무 소용이 없어요."

　"네 아버지께서 너의 바뀐 이름을 모르고 계셨던 것이 천만 다행이었구나."

기개세는 독고비라는 자신의 정혼녀가 부친과 조부를 흠씬 두들겨 팼다는 말을 듣고 분노보다는 그녀에 대해서 진한 호기심을 느꼈다.

대체 어떤 여자이기에 전대 사파종사와 당금 사파종사를 개 패듯이 다루었는지 단순히 그게 궁금한 것이다.

하지만 정혼녀로서의 그녀에게는 눈곱만큼도 흥미를 느끼지 못했다.

예전에 기무군은 걸핏하면 아들에게 정혼녀로 협박을 했었는데, 아마도 그것이 기개세에게 잠재적으로 큰 피해 의식을 남겼던 것 같다.

"세아."

"네, 어머니."

한송연은 아들을 불러놓고 아무 말도 없이 한동안 그윽하게 바라보기만 했다.

그렇지만 기개세는 어머니의 눈빛에 담긴 염려와 기대, 자랑스러움을 읽어낼 수 있었다.

그는 모친의 손을 꼭 잡고 부드럽게 미소 지었다.

"걱정하지 마세요, 어머니. 저는 다치지도 않을 것이고, 반드시 삼황사벌로부터 천하를 구해내겠습니다."

"오냐. 어미는 너를 믿는다."

자신의 마음을 정확하게 읽은 아들이 기특한 듯 한송연은 흐뭇하게 미소 지으며 고개를 끄덕였다.

그때 방문이 열리고 하여상이 들어왔다. 한송연이 낙성검가에 온 지 한나절밖에 안 됐지만 두 여자, 아니, 두 어머니는 그 짧은 사이에 많이 친해졌다.

"어서 오세요, 어머니."

기개세가 자리에서 일어나면서 반갑게 맞이하자 하여상은 빙그레 미소 지었다.

"네 어머니께 장원을 구경시켜 드리려는데 괜찮겠느냐?"

"물론이죠."

기개세는 양어머니에게 친어머니를 부탁하고 방에서 나왔다.

실내에는 천검오신위가 늘어서 있고 그 앞에 기개세가 커다란 의자에 몸을 묻고 있다.

"이상이에요."

우지화를 마지막으로 낙성검가주 유당환을 제외한 천검사신위의 보고가 끝났다.

그들 천검사신위의 손에는 두툼한 책자가 쥐어져 있으며, 그것을 읽으면서 보고를 했던 것이다.

유당환은 천검오신위에 임명된 지 며칠밖에 지나지 않았으므로 아직 이렇다 할 임무가 없었다.

기개세는 보고를 듣는 내내 굳은 표정을 풀지 않았다.

“생각했던 것보다 훨씬 많군.”

천검사신위는 자신들이 담당하고 있는 지역 내에 있는 방, 문파들 중에서 삼황사벌에게 포섭됐다고 판단이 되는 방, 문파들과 그들의 동향에 대해서 조사를 해왔고, 그 결과를 조금 전까지 보고했다.

넉 달쯤 전에 기개세와 천검사신위는 개봉성 정린장을 급습하는 과정에서 삼황사벌의 패가수와 마조가 오대문파 중 네 개 문파를 포섭한 사실을 알게 되었다.

그래서 기개세는 대정숙으로 들어가기 전에 무림의 방, 문파 중에서 삼황사벌에게 포섭된 곳이 없는지 자세히 알아보라고 천검사신위에게 지시를 했던 것이다.

그런데 삼황사벌에게 포섭된 방, 문파들이 예상 밖으로 너무 많았다.

성검문이 조사를 맡은 하남성과 산서성, 감숙성의 경우에는 세 개 성 전체 천육백여 방, 문파 중에서 무려 오백여 곳이 삼황사벌에게 포섭된 상태다.

이런 상황이라면 삼황사벌이 중원을 침공했을 경우에 천검신문은 안팎으로 싸워야만 할 것이다.

밖으로는 삼황사벌과 안으로는 같은 중원 사람인 무림의 방, 문파들과 말이다.

어떻게 제정신을 갖고도 그렇게 많은 방, 문파들이 오랑캐인 삼황사벌에게 포섭이 됐는지 이해가 가지 않는 것은 차치

해 두고 심한 배신감이 느껴졌다.

이따위 중원을 과연 구할 가치가 있는가 하는 자괴감이 샘물처럼 솟구쳤다.

또한 삼황사벌이 예전하고는 달리 중원 침공 전에 치밀한 준비를 하고 있다는 사실을 알게 되었다.

기개세가 중얼거린 이후 좌중에는 꽤 오랫동안 침묵이 흐르고 있었다.

유당환은 이 자리가 매우 어색하고 불편했다. 다른 천검사 신위에 비해 모든 면에서 자신이 지나치게 열세에 처해 있었기 때문이다.

낙성검가는 지난 열 달여 동안 비약적인 발전을 해서 현재 문하 제자가 사백여 명에 육박하고 있었다. 낙성검가 개파 이후 지금이 제일 강성한 시기다.

하지만 천검사호문 중에서 가장 규모가 작은 취봉문의 휘하 세력이 삼십 개 문파에 총 칠천여 명이라는 점을 감안한다면, 낙성검가는 열세도 너무 열세인 것이다.

그뿐 아니라 유당환 자신의 무위도 취봉문주 우지화에 비해서 서너 수 이상 하수다.

그래서 그는 기개세가 자격도 되지 않는 낙성검가를 순전히 친분 때문에 천검오호문으로 영입한 것이라고 생각할 수밖에 없었다.

탁!

"이건 도저히 말이 안 돼."

그때 기개세가 팔걸이를 손으로 가볍게 내려치면서 어이 없다는 듯 입을 열었다.

"중원 사람이 오랑캐인 삼황사벌에게 이렇게 호의적이란 말인가? 그들은 무림이, 아니, 천하가 삼황사벌에게 무참히 짓밟혀도 괜찮다고 생각하는 거야?"

그가 어이없는 듯 주먹으로 자신의 손바닥을 치면서 말하는데에도 천검오신위는 침묵만을 지켰다.

현실이 그런데 대체 무슨 말을 한다는 말인가. 그저 착잡하기만 할 뿐이다.

기개세는 천검오신위를 둘러보며 답답한 듯 물었다.

"왜 그렇다고 생각해? 중원 사람들은 애국심이나 애향심도 없는 배신자들뿐이라서 그런가?"

그런데도 모두들 무거운 표정으로 입을 열지 못했다.

"현재 삼황사벌에게 포섭된 방, 문파 수가 도합 천오백여 곳이야. 알아낸 게 그 정도면 아직 알아내지 못한 곳까지 합치면 그 수가 두 배 이상 불어나지 않을 것이라고 누가 감히 장담할 수 있겠어?"

"주군."

그때 천검오신위의 끄트머리에 서 있던 유당환이 조심스럽게 입을 열었다.

기개세는 말하라는 시늉으로 가볍게 고개를 끄덕였다. 유당환이 기개세의 수하가 된 이상 공석에서는 수상, 수하가 분명해야만 했다.

유당환은 썩 자신없는 표정을 지으며 말했다.

"그들은 삼황사벌에게 포섭된 것이 아닐지도 모릅니다."

뜬금없는 말에 천검사신위의 안색이 변했다.

우지화가 조금 어이없다는 듯한 얼굴로 입을 열었다.

"그렇다면 우리 네 사람의 조사가 잘못됐다는 것인가요?"

"그… 런 뜻이 아니오."

유당환은 뜻밖에 강한 반발에 부딪치자 가볍게 당황해서 그나마 남아 있던 약간의 자신감마저도 사라져 버렸다.

"내… 가 말을 잘못한 것 같소. 미안하오."

"유당환."

기개세가 나직이 부르자 유당환은 화들짝 놀랐다.

"네… 넷!"

유당환은 기개세가 아들이라는 생각보다 하늘 같은 존재라는 인식이 더 강하게 뿌리박혀 있었다.

"말 한마디 잘못했다고 뭐라고 할 사람이 없으니 기탄없이 말해보라."

그 말인즉, 자유롭게 의견을 개진하는 자리에서 사사로이 말하는 사람을 윽박지르지 말 것이며, 또 말하는 사람은 생각하는 바를 거리낌없이 말하라는 이른바 양수겸장 식의 뜻이 담겨 있었다.

말뜻을 알아들은 우지화는 간접적인 꾸지람을 들었다는 생각에 슬며시 얼굴을 붉혔다.

이제 유당환은 동료가 됐는데 자신이 너무 감정적으로 대한 것 같은 생각이 들어서다.

유당환은 기개세를 향해 고개를 숙인 후 속에 있는 말을 꺼내놓았다.

"속하의 말뜻은… 포섭된 방, 문파들이 혹시 상대가 삼황사벌이라는 사실을 모르고 있지 않은가 하는 것입니다. 삼황사벌이 자신들의 정체를 감추고 다른 미끼로 방, 문파들을 포섭했을지도 모른다는 생각입니다."

순간 기개세를 비롯하여 천검사신위의 표정이 급변했다. 어떤 가능성이 그들의 뇌리를 강타한 것이다.

"충분히 가능합니다."

"아, 그럴 수도 있겠군요."

나궁조와 우지화가 크게 공감하며 말했다. 도기운과 담무혁은 말은 하지 않았지만 역시 같은 생각이라는 듯 고개를 크게 끄덕였다.

여태 굳어 있었던 얼굴이 비로소 조금 펴진 기개세는 천검사신위에게 명령했다.

"여러 방법을 이용해서 사실을 확인하도록."

만약 유당환의 추측이 맞는다면, 삼황사벌인 줄 모르고 포섭된 방, 문파들에게 진실을 밝혀서 다시 제 위치로 회유할 수 있을 것이다.

　그러나 그렇지 않을 수도 있다. 즉, 그들 모두가 삼황사벌인 줄 알고 포섭됐을 수도 있다는 뜻이었다.

　"힘드시죠?"

　기개세는 실내에 유당환과 단둘이 남게 되자 자리에서 일어나 그에게 다가가며 미소를 지었다.

　"아, 아닙니다."

　바짝 긴장하고 있던 유당환은 당황해서 급히 손을 저었다. 단둘이 남았는데도 워낙 긴장하고 있던 터라서 그 사실을 깨닫지 못한 것이다.

　"제가 괜한 일을 한 것 같군요."

　"무슨……."

　"낙성검가를 천검호문으로 영입하는 바람에 아버님께서 많이 힘들어하시는 것 같아서요."

　유당환은 펄쩍 뛰었다.

　"무슨 당치 않은 말씀을!"

　그는 아무래도 단둘이 있다는 사실을 알고 나서도 기개세에게 계속 깍듯하게 대할 것 같다.

　"주군께서 속하와 속하의 가문에 무상의 천은을 내리셨는데도 그것을 감당하지 못하는 속하가 한없이 부끄러울 따름입니다."

"아버님."

"네, 하명하십시오."

"아닙니다."

편하게 대하라는 말을 하려던 기개세는 빙그레 미소 지으며 고개를 가로저었다.

그때 기개세의 부름을 받고 오통이 들어왔다.

기개세는 오통을 가까이 오게 한 후 유당환에게 말했다.

"아버님, 이 사람에게 낙성북두검법을 배우십시오."

낙성검가의 개파조사인 낙성신검 유청후가 창안한 무적검법이 바로 낙성북두검법이다.

수백 년의 세월이 흐르는 사이에 그 검보를 유실하지 않았더라면 낙성검가는 지금보다 훨씬 더 큰 세력을 떨치고 있었을 것이다.

"낙성북두검법을……!"

유당환의 얼굴에 해연히 놀라움이 떠올랐다.

이즈음의 오통은 낙성북두검법을 완벽하게 구사하는 수준에 이르러 있었다.

"이 사람에게 북두검법을 배우신 후에 아버님께서 문하 제자들에게 전수하십시오."

기개세는 진지한 표정으로 당부했다.

"아무쪼록 아버님께선 강력한 낙성검가를 만드는 일에 전력을 기울이십시오."

유당환의 얼굴에 어두운 그늘이 스쳐 갔다.

"삼황사벌이 언제 침공할지 모르는 판국에 이제 낙성검가를 강력하게 만든다고 해서 무슨 소용이 있겠습니까?"

"아버님."

기개세는 유당환 어깨에 한 손을 얹었다.

"아버님께선 천검신문이 삼황사벌과 어떻게 싸우고 또 어떻게 그들을 격퇴시키는지를 잘 지켜보십시오."

유당환 얼굴에 의아함이 설핏 떠올랐다.

"낙성검가는 지금 사용하려는 것이 아닙니다. 열 번째 대혈풍을 대비하는 것입니다. 그러라고 낙성검가를 다섯 번째 천검호문에 영입한 것이지요."

"아……."

유당환은 깨달음과 함께 만면에 감격이 파도처럼 퍼져 나갔다.

말하자면 낙성검가는 이번 아홉 번째 대혈풍을 경험하면서 장차 어떻게 해야 할 것인지를 깊이 배우게 될 것이다.

그리고는 앞으로 이백 년이나 삼백 년 후에 다시 출현할 천검신문을 기다리면서 세력을 넓히고 힘을 키울 것이다.

그것은 제구대 천문주인 기개세가 제십대 천문주, 즉 자신의 제자를 위한 안배이기도 하다.

설마 기개세가 그렇게까지 긴 안목을 갖고 낙성검가를 천검오호문으로 영입했을 줄은 생각하지 못했던 유당환은 크게 감격하여 눈물을 글썽였다.

오통도 속으로 '과연!' 을 연발하면서 탄복을 금치 못했다.

넓은 대전에 많은 사람들이 모여 있다.

단상의 태사의에는 기개세가 앉아 있고, 좌우에는 천검사영이 두 명씩 서 있다.

그리고 단하에는 칠대명왕과 천검오신위, 그리고 나신효가 질서있게 늘어서 있다.

기개세는 태사의에 앉은 채 자못 엄숙한 표정으로 조용히 말문을 열었다.

"나는 천검육호문이 이곳에 도착하는 즉시 천문으로 출발할 생각이다."

이미 예견하고 있던 일이지만, 기개세의 입에서 직접 그 사실이 발표되자 좌중에는 기대와 아쉬움이 교차했다.

천문, 즉 천검신문이 어디에 있는지는 아무도 모른다. 다만 어디쯤에 있을 것이라는 사실을 기개세와 천검오신위만 알고 있을 뿐이다.

기개세의 말이 조용하게 이어졌다.

"그전에 천검육호문 전체를 지금보다 더욱 짜임새있게 재정비해야겠다."

모두들 바짝 긴장한 얼굴로 기개세를 주시했다.

그러나 기개세 오른쪽에 서 있는 나운상만은 그가 무슨 말을 하는지 하나도 귀에 들어오지 않는 듯했다.

다만 그녀의 귓전에선 기개세가 떠난다는 말만 매미 소리처럼 쟁쟁거릴 뿐이었다.

'그이가 떠난다.'

그가 머지않은 앞날에 천문으로 떠날 것이라고 막연하게 생각하고는 있었다.

그러나 그것이 막상 현실로 다가오자 나운상은 머릿속이 하얘지고 온몸에 맥이 탁 풀렸다.

지난 열 달 가까이 기개세하고 한시도 떨어져 있지 않았다. 그녀는 기개세의 분신이다.

아니, 한 몸이다. 헤어져 있어야 한다는 것은 꿈에서조차도 상상해 본 적이 없다.

'싫어. 죽어도 헤어질 수 없어. 천문까지 따라갈 거야.'

결국 그녀는 위험한 결심을 하면서 남몰래 힘껏 입술을 깨물었다.

"천검육호문의 전 휘하 고수들을 다섯 등급으로 나눈다."

나운상의 귀에 비로소 기개세의 말이 들리기 시작했다.

"각 호문의 일등급을 천전군(天前軍), 이등급을 천중군(天中軍), 삼등급을 천도군(天道軍), 사등급을 천강군(天强軍), 오등급을 천휘군(天輝軍)이라고 칭한다."

천검오신위는 자신들 휘하 세력을 마음속으로 다섯 등급으로 나누고 있었다.

"천전군은 적의 후방을 치고, 천중군, 천도군, 천강군은 적을 맞아 싸우며, 천휘군은 중원을 지킨다."

기개세의 말은 막힘이 없고 반론이나 재론의 여지가 없이 명쾌했다.

"나궁조."

기개세의 부름에 나궁조가 지체없이 앞으로 달려나와서 바닥에 무릎을 꿇었다.

"명을 받듭니다."

"제일군(第一軍) 천전군주(天前軍主)로 임명한다."

그 말에 모두들 놀라는 표정을 지었다. 나궁조를 방금 재편한 군제(軍制)의 첫 번째 우두머리로 임명할 것이라고는 아무도 예상하지 못했다.

가장 놀란 사람은 나궁조다. 천전군은 천검육호문 내에서도 가장 강한 조직이다. 그것을 자신이 통솔하게 된 것이니 어찌 놀라지 않겠는가.

"기무군을 제이군(第二軍) 천중군주(天中軍主)에 임명한다."

이 자리에 없는 자신의 부친 기무군을 두 번째 천중군주에 임명했다.

기개세는 부친의 진짜 무위가 어느 정도인지 정확하게는 알지 못한다.

그러나 최소한 도기운과 비슷하거나 그보다 반 수 정도 아래일 것이라고 짐작한다.

그래서 도기운의 반 수 아래인 나궁조 바로 하위(下位)에 임명한 것이다.

"담무혁."

자신의 차례라고 미리 짐작한 담무혁은 이미 걸어나오고 있다가 즉시 무릎을 꿇었다.

"제삼군(第三軍) 천도군주(天道軍主)에 임명한다."

"천명!"

담무혁의 우렁찬 외침이 실내를 쩌렁쩌렁하게 울렸다.

"우지화."

"네!"

혹시 자신이 후방에 남아서 집을 지키는 강아지 신세가 되는 것이 아닐까 조금 초조해하던 우지화는 크게 외치며 달려나가 무릎을 꿇었다.

"제사군(第四軍) 천강군주(天强軍主)로 임명한다."

"천명!"

제오군(第五軍) 천휘군주(天輝軍主)에는 유당환이 임명됐다.

천전군에서 천강군까지 네 개 군이 싸움을 벌이기 때문에 사실 중원을 지킨다는 것은 별 의미가 없다.

그것은 곧 가족들이 남아 있는 낙성검가를 지키는 것이나 다름이 없는 일이다.

유당환의 낙성검가는 아직 세력이 일천하므로 기개세가

배려를 한 것이다.

그렇지만 사실상 본진(本陣)이라고 할 수 있는 낙성검가를 지키는 일은 그리 쉬운 일이 아닐 터이다.

"도격."

갑자기 자신이 호명되자 기개세 왼쪽에 서 있던 도격은 깜짝 놀라 급히 달려나가 부복했다.

기개세는 도격의 머리 위에 명령을 떨어뜨렸다.

"태극문에서 태극백검(太極百劍)을 차출하여 우무영대(右無影隊)를 조직하고 도격을 대주로 임명한다."

모두들 해연히 놀랐다. 도격은 천검사영이기 때문이다.

가장 놀란 도격이 고개를 들고 조심스럽게 물었다.

"주군, 속하는 천검사영에서 축출되는 것입니까?"

"너는 여전히 천검사영이다. 그러므로 우무영대는 내 직속이 될 것이다."

도격의 얼굴에 환한 표정이 피어났다.

"도격, 천명을 받듭니다."

태극문에서 최정예라고 할 수 있는 고수가 바로 태극백검 백 명이다.

그들 백 명이 합친 무위는 가히 대문파 하나와 맞먹는다고 알려져 있었다.

"우림."

"하명하십시오."

“취봉문의 취봉백선(翠鳳百仙)을 좌무영대(左無影隊)로 결성하고 네가 대주를 맡아라.”

취봉문의 취봉백선은 최정예로서 태극백검에 비견되는 고수들이다.

“천명을 받듭니다.”

“담신기, 나운상.”

두 사람이 한꺼번에 호명됐다.

“뇌룡문의 뇌룡백도(雷龍百刀)를 전무영대(前無影隊)로 조직하고 담신기를 대주로 임명한다.”

뇌룡백도는 뇌룡문 최강의 무적도수(無敵刀手) 백 명을 가리킨다.

그러나 뇌룡문은 워낙 방대한 세력을 구축하고 있기 때문에 뇌룡백도가 빠져도 별다른 지장은 없었다.

“성검문의 성검백수(聖劍百手)를 중무영대(中無影隊)로 조직하고 나운상이 대주가 된다.”

“천명!”

실로 일사불란한 명령이 아닐 수 없다.

실내에서 아무런 명령도 받지 않은 사람은 칠대명왕과 나신효, 그리고 도기운뿐이었다.

그러나 칠대명왕은 기개세와 더불어 팔대명왕이므로 그 자체로 이미 지위라고 할 수 있었다.

“나신효.”

자신이 호명될 것이라고는 생각하고 있지 않던 나신효는 깜짝 놀라더니 재빨리 앞으로 달려나와 무릎을 꿇었다.

"정보 수집, 연락망, 의방, 물자 조달을 맡는다. 조직을 형성하기 위해서 어느 누구든 차출할 수 있고, 무엇이든 요구할 수 있다. 또한 규모가 아무리 커도 상관이 없다. 조직명은 천라대(天羅隊)이고, 네가 대주다."

나신효는 너무 놀라서 복명하는 것도 잊은 채 고개를 들고 기개세를 올려다보았다.

"네가 맡은 지위는 매우 중요하다. 정보 수집이 안 되고, 서로 연락을 취하지 못하거나 부상을 당해도 치료할 수 없고, 먹을 수도 입을 수도, 무기마저 조달이 안 된다면 그 싸움은 이미 패한 것이나 다름이 없기 때문이다."

어쩌면 천라대는 천검신문 휘하의 고수들이 싸우는 것 이상으로 중요한 조직이라고 할 수 있었다.

나신효는 자신이 너무도 엄청난 임무를 맡았기 때문에 놀라서 그대로 무릎을 꿇고 있었다.

기개세는 실내를 둘러보며 말을 이었다.

"모든 조직은 천라대에서 파견한 소조직, 즉 소대(小隊)를 두고 있어야 한다."

각 조직의 소대는 정보 수집과 연락망, 의방, 물자를 원활하게 조달하게 될 것이다.

이 모든 것들은 기개세가 대정숙에 있는 동안 치밀하고도 구체적으로 계획해 두었었다.

"제구대 천검신문 이후부터는 계속 이 체제를 유지, 발전시켜 나갈 것이다."

천검신문의 새로운 도약이다. 그리고 재탄생이다.

"도기운."

드디어 도기운이 호명됐다. 그는 즉시 무릎을 꿇고 고개를 깊이 숙였다.

이제 웬만한 조직들은 다 갖추어졌는데 기개세가 도기운에게 과연 어떤 조직을 결성하도록 할 것인지 모두들 궁금하게 생각했다.

설사 필요한 것이 남아 있다고 해도 필경 그것은 그다지 중요하지 않은 것일 게다.

중인은 설마 가장 나이 많은 도기운이 이번 삼황사벌과의 싸움에서 제외되는 것은 아닌가 조심스럽고도 불안하게 예상하고 있었다.

"도기운을 천검오군(天劍五軍)의 총군주(天劍總軍主)로 임명한다. 내가 부재 시에는 천검총군주가 천검신문을 통괄, 지휘한다."

갑자기 실내에 차디찬 얼음물이 좍 뿌려진 듯한 적막이 깊게 내려앉았다.

장장 이천삼백여 년 동안 천검신문은 천문주 일인 체제만으로 맥맥히 이어져 왔었다.

　그리고 천문주를 호위하는 천검호문들이 있었다. 그것을 기개세가 완전히 뜯어고친 것이다.

　도기운은 방금 천검신문의 제이인자의 지위에 올랐다. 기개세가 그것을 공식적으로 선포한 것이다.

　이들 중에서 가장 나이가 많은 도기운은 고개를 들 수가 없었다. 뜨거운 그 무엇이 목구멍에서 솟구쳐 오르고, 뜨거운 눈물이 두 눈에 가득 차올랐기 때문이다.

　명실상부한 천검신문의 이인자. 천문주 부재 시에는 도기운이 천문주 대행이다.

　'허허허… 이와 같은 감격을 맛보려고 전대 태극문주들이 그토록 천검신문에 충성을 했던 것은 아닐는지…….'

　도기운은 천천히 일어나서 우뚝 섰다.

　사람들은 모두 그의 뒤쪽에 서 있기 때문에 그가 흘리는 눈물은 기개세만 볼 수 있었다.

　도기운은 기개세를 바라보았다. 아무 말도 하지 않았으나 그의 눈빛은 한없는 감사를 보내고 있었다.

　그리고 입가에 머금어진 엷은 미소는 가없는 충성을 약속하고 있었다.

　이윽고 도기운은 다시 그 자리에 천천히 부복하며 이마를 바닥에 대고 조용히 입을 열었다.

　"주군을 모실 수 있어서 속하는 실로 행복합니다."

　복명이 아니라 자신의 심정을 토로하고 있었다.

다른 사람들은 도기운의 눈물을 보지 못했으나 지금 그의 심정이 어떨는지 그 말로써 충분히 느낄 수 있었다.

기개세는 빙그레 미소 지었다.

"자네들 같은 멋진 수하들과 천하를 구하는 일을 하는 나는 얼마나 행복하겠나?"

격렬한 감동이 모두의 가슴을 훑었다.

第八十六章

며느리

대사부

정신없이 바쁜 나날이 극구광음(隙駒光陰)처럼 흘러갔다.

기개세에게 명령을 받은 사람들은 조직을 형성하기 위해서 잠잘 틈도 없이 바쁘게 돌아다녔다.

열흘쯤 지나자 새로 개편된 조직들이 하나둘 윤곽을 드러내기 시작했다.

모두 바쁘지만 제일 바쁜 사람은 기개세였다.

부친 기무군이 사파 정예 오천을 이끌고 오면 자신은 천문을 찾아서 떠나야 하는데, 자신이 없는 동안에 삼황사벌이 침공할 수도 있으므로 거기에 대한 만반의 준비를 갖춰야만 하는 것이다.

이른 아침.

척!

낙성검가의 전문 앞에 한 명의 청년이 우뚝 섰다.

청의 경장을 입었으며 어깨에는 고색창연한 한 자루 청강검을 메고, 이마에는 문사건을 두른 이십사오 세가량의 영준한 용모를 지닌 청년이었다.

오가는 행인이 별로 없는 한적한 대로변에 위치한 낙성검가의 전문은 굳게 닫혀 있었고, 안에서는 아무런 소리도 흘러나오지 않았다.

겉보기로는 이곳이 전설의 문파 천검신문의 본진이 있는 곳이라고는 추호도 생각되어지지 않는 분위기였다.

청의청년은 전문을 한차례 천천히 둘러보다가 이윽고 주먹으로 전문을 두드렸다.

탕탕탕!

눈코 뜰 새 없이 바쁜 기개세가 오랜만에 뜻하지 않은 휴식을 취하고 있었다.

쉬려고 해서 쉬는 것이 아니라 손님이 찾아왔기 때문에 그를 맞이하기 위해서다.

평범한 의자에 기개세와 나운상이 나란히 앉아 있고, 맞은편에는 조금 전에 낙성검가 전문을 두드린 청의청년이 반듯한 자세로 앉아 있었다.

기개세와 나운상은 청의청년이 누군지 알고 있었다. 대정숙 내에서 몇 차례 본 적이 있기 때문이다.

물론 청의청년도 기개세와 나운상을 아주 잘 알고 있었다. 대정숙 최고 화제의 인물인 기개세와 강북천봉 나운상을 모른다는 것은 말이 되지 않는 일이다.

더구나 대정숙 내에서 기개세와 나운상은 한 몸처럼 붙어 다녔기 때문에 생도들 대부분 두 사람을 각별한 연인쯤으로 생각하고 있었다.

청의청년은 다름 아닌 모용군이며, 대정숙에서는 파벌 오대군림에 속해 있었다.

그리고 대정숙 밖에서는 오대문파 중 하나인 모용세가의 대공자이며 후계자라는 신분을 지니고 있었다.

"은인께서 귀하를 찾아가 보라고 말씀하셨소."

모용세가는 두어 달 전에 정체불명의 괴한들로부터 급습을 받은 적이 있었다.

괴한들은 철저하게 자신들의 정체를 감추었으나 모용군과 모용세가 사람들은 그들이 누군지 짐작할 수 있었다.

대정숙에 위장으로 입교한 삼황의 융황 최고 우두머리 태대등의 아들 후령위 마조는, 오대군림 내의 생도들을 회유하여 오대문파를 포섭하려는 시도를 하여 사대문파는 성공했으나 모용세가를 포섭하는 데에는 실패를 했다.

그 보복으로 모용세가를 멸문시키려고 융황의 고수들로 하여금 정체를 감추고 급습을 감행케 한 것이다.

그러나 모용세가 사람들은 그들이 습격을 할지도 모른다고 예상하여 만반의 준비를 갖추고 있었으므로, 그들의 정체를 짐작하는 것은 어려운 일이 아니었다.

하지만 모용세가는 한 가지 실수를 저질렀다. 융황이 습격할 것은 예상했으나 그들의 실력이 모용세가를 충분히 멸문시키고도 남을 정도라는 사실은 예상하지 못한 것이다.

모용세가의 고수들은 괴한들, 즉 융황고수들을 맞이하여 사력을 다해서 싸웠으나 열세에 처하는 데에는 그리 오랜 시간이 걸리지 않았다.

인적이 전혀 없는 산허리에 위치한 모용세가가 깊은 한밤중에 아무도 모르는 가운데 무림에서 영원히 사라지는 것은 시간문제였다.

바로 그때 일단의 낯선 무리가 흡사 밤바람처럼 나타나서 융황고수들의 배후를 득달같이 공격하기 시작했다.

그러나 낯선 무리가 하나같이 잔혹하고 무시무시한 마도무공을 사용하고 있는 것으로 미루어 누가 보더라도 마도고수들이라고 짐작할 수 있었다.

그러나 모용세가로서는 선택의 여지가 없었다. 마도고수들의 도움을 거절한다면 고스란히 멸문을 당할 수밖에 없는 상황이었기 때문이다.

더구나 모용세가나 마도고수들은 다 같은 중원 사람이다.
그러므로 중원 사람끼리 합세해서 오랑캐인 융황고수를 상대
하는 것이라고 모용세가 사람은 자위하였다.

모용세가와 마도고수들이 합세하자 싸움은 순식간에 열세
에서 우세로 뒤바뀌었다.

바로 그때 또 한 무리의 마도고수들이 태풍처럼 들이닥치
더니 융황고수들을 무차별 도륙하기 시작했다.

모용세가로서는 크게 놀랐으나 자신들을 돕는 것을 마다
할 상황이 아니었다.

결국 동틀녘까지 이어진 싸움은 모용세가와 마도고수의
대승으로 막을 내렸다.

융황고수들은 무려 오백여 명이 죽었으며, 살아서 도주한
자들은 채 백여 명이 되지 않았다.

그런데 모용세가 사람들이 고마움을 표하기도 전에 싸움
이 끝나자마자 마도고수들은 나타났을 때처럼 순식간에 사라
져 버렸다.

그리고 저 멀리에서 누군가의 쩌렁한 목소리가 밤하늘을
울렸다.

"낙성검가의 유영이 우릴 보냈으니 그에게 감사하라!"

기개세는 마주 앉은 모용군을 응시하며 가볍게 고개를 끄
덕이고 나서 입을 열었다.

"잘 왔소."

그는 얼마 전에 옥마제로부터 보고를 받았다. 보고 내용은, 적마제와 혈마제가 이끄는 마도고수들이 모용세가를 급습한 융황고수들을 격퇴시켰다는 것이다.

모용군은 정색을 하고 단도직입적으로 물었다.

"무엇 때문에 본가를 도와준 것이오? 그리고 귀하가 어떻게 해서 마도고수들을 부릴 수가 있는 것이오?"

이곳으로 오는 내내 가슴속에 품고 있던 의문이다.

후룩.

기개세는 차를 한 모금 마시고 나서 여유로운 미소를 입가에 머금었다.

"상아."

"네, 대가."

그의 부름에 나운상은 그러지 않아도 될 것을 그의 팔을 가슴에 꼭 끌어안은 채 뺨을 그의 어깨에 기대면서 달콤한 목소리로 대답했다.

모용군은 천하이미 중 강북천봉 나운상이 유영과 연인 사이라는 소문은 익히 들었으나, 그녀가 유영에게 매달리다시피 아양을 떠는 광경을 보게 될 줄은 몰랐기에 적잖이 당황하는 표정을 지었다.

기개세가 일어서며 지시했다.

"이 일은 너에게 맡기겠다."

“네, 맡겨두세요.”

나운상은 기개세에게 더 매달리듯 애교를 부렸다.

철썩!

“손님 앞에서 응석은 그만 부려라.”

“아야!”

기개세는 나운상의 엉덩이를 소리 나게 때리고는 입구 쪽으로 성큼성큼 걸어갔다.

모용군을 맞이하는 것은 굳이 그가 하지 않아도 되지만, 이 참에 잠시라도 쉬려는 의도였고, 또 충분히 쉬었으니 다시 용무를 보러 나가는 길이다.

그동안 나운상도 궁둥이에서 비파 소리가 날 만큼 바빠서 기개세와 함께 있을 시간이 없었다.

그런데 이제 겨우 함께 있나 싶었는데 그가 바람처럼 나가려고 하자 등에 대고 예쁘게 볼멘소리를 했다.

“흥! 요즘은 밤에 같이 자주지도 않고! 미워요!”

모용군이 있거나 말거나 어떻게 해서든 자신의 뜻을 전하고픈 나운상이다.

그렇게 해서라도 오늘 밤에 기개세와 함께 잘 수만 있다면 무슨 일이든 하지 못하겠는가.

기개세는 멈춰 서서 돌아보며 어이없는 얼굴로 꾸짖었다.

“저 녀석이 손님 앞에서 못하는 소리가 없군.”

“헤헤! 그러니까 이따 함께 자줘요. 네?”

나운상은 혀를 쏙 내밀고 나서는 아예 어린아이마냥 칭얼거렸다.

아무리 얼굴 두꺼운 기개세지만 모용군 앞에서 이러는 것은 얼굴이 슬쩍 붉어질 수밖에 없다.

"알았다."

"우리 둘이만요, 다른 여자들 말고."

점입가경이라더니…….

"알았다. 이제 그만 해라."

탁!

더 있다가는 무슨 말을 더 들을지 몰라서 기개세는 급히 방을 나왔다. 그러자 방 안에서 나운상의 짤랑짤랑한 교소가 흘러나왔다.

"호호호홋! 자! 모용 공자! 이제부터 날 따라와요!"

그녀가 모용군을 이리저리 데리고 다니면서 천검오신위나 칠대명왕들을 만나게 하고 또 구체적인 설명을 해주면 모용군도 충분히 알아들을 것이다.

그가, 아니, 모용세가가 천검신문의 휘하가 되는 것은 어렵지 않을 터이다.

정원으로 나온 기개세는 자신의 집무실 쪽으로 가려다가 어딘가를 바쁘게 가고 있는 소효령을 우연히 발견했다.

"효령."

먼저 발견한 그가 부르자 소효령은 반가운 얼굴로 쏜살같이 달려왔다.

"언제 온 거야?"

기개세가 반갑게 두 손을 잡아주자 소효령은 너무 좋아서 얼굴이 발갛게 상기되었다.

"응. 어젯밤 늦게 도착했어."

천검신문의 군제 재편성에 따라서 그녀는 자파인 운예문의 정예고수 오십 명을 불러들였다.

그들을 맞이하러 떠났다가 사흘 만에 낙성검가에 다시 돌아온 것이다.

"아직 식전이지? 나랑 같이 밥 먹자."

기개세는 소효령의 손을 잡고 집무실 쪽으로 걸어가면서 이끌자 그녀는 못 이기는 체하면서 따랐다.

그녀는 기개세가 이처럼 허물없이 대해주는 것이 너무도 좋고 고마웠다.

대체 어느 뉘라서 천문주와 서로 하대로 대화를 하며 손을 잡고 밥 먹으러 가자고 이끌겠는가.

"그전에 잠깐 들를 곳이 있는데 영이도 같이 갈래?"

소효령이 걸음을 멈추면서 같이 가기를 바라는 표정으로 말했다.

"어딘데?"

"내가 데리고 온 본 문의 고수들을 천강군주에게 인사시켜야 하거든."

"그래, 가자."

기개세가 허락하자 이번에는 소효령이 그의 손을 잡은 채 다른 방향으로 이끌었다.

기개세는 소효령과 함께 있으면 그녀에게서 소옥군을 느낄 수가 있어서 좋았다.

하지만 단지 그런 이유 하나 때문에 소효령을 가까이 하는 것은 아니다.

그녀가 소옥군의 모친이라는 이유도 있으나, 개인적으로도 그녀가 좋기 때문이다.

그가 소효령에게 느끼고 있는 감정은 젊은 장모라는 것뿐 그 이상도 이하도 아니다.

소효령이 문주로 있는 운예문은 취봉문 휘하에 있는 삼십 개 문파 중의 하나이기 때문에 그녀가 우지하 휘하의 천강군에 소속되는 것은 당연한 일이다.

전각 사이의 길을 나란히 걸어가면서 소효령은 마치 소녀처럼 재잘거렸다.

"천강군은 삼단(三團) 삼십운(三十運)으로 이루어져 있는데 나는 그중에 제이단 휘하 십이운주(十二運主)야. 내가 데리고 온 오십 명이 내 휘하에 있어."

취봉문이 거느리고 있는 삼십 개 문파 중에서 운예문은 그다지 튀지 않는 문파다.

"아! 문주… 아니, 천강군주께서 벌써 도착했나 봐."

그때 소효령이 어느 전각 입구 양쪽에 두 명의 취봉고수가 서 있는 것을 보면서 낮은 탄성을 터뜨렸다. 그 취봉고수들은 천강군주로 발탁된 우지하의 심복들이다.

"내가 본 문의 고수들을 천강군주에게 인사시켜야 하는데 너무 늦었어."

그렇게 조바심을 내면서도 소효령은 먼저 달려가지 않고 기개세의 손을 잡고 달리기 시작했다.

두 사람이 전각 입구에 이르자 지키고 있던 두 명의 취봉고수가 기개세를 알아보고 대경실색해서 엎어지듯이 그 자리에 부복했다.

기개세는 그녀들에게 조용히 하라고 손짓을 보낸 후 전각 안으로 들어갔다.

대전 안에는 아무도 없었으나 복도 저쪽에서 우지화의 목소리가 들려오고 있었다. 운예문 정예고수들에게 간단한 인사말을 하고 있는 듯했다.

기개세는 목소리를 따라서 복도를 걸어갔고, 그의 손을 잡은 소효령이 그 옆에 바짝 붙어서 걸었다.

기개세는 자신과 소효령 주변에 호신막을 쳐서 기척이 밖으로 새 나가지 않도록 했다. 우지화를 방해하고 싶지 않기 때문이다.

"이곳에는 천문주께서 계시므로 너희들은 절대 그분의 눈에 띄어서는 안 된다. 만약 우연히라도 주군과 마주치면 절대

그분의 존안을 쳐다보지 말고 그 자리에 부복해야 한다.”

우지화가 우뚝 서서 말하고 있는 그곳은 또 하나의 넓은 대전이었다.

기개세는 우지화의 서너 걸음 뒤에 멈춰 섰다.

우지화 앞쪽에는 운예문 특유의 연녹색과 분홍색이 섞인 경장 차림의 운예문 정예고수, 즉 운예고수 오십 명이 가로로 열 명, 세로로 다섯 명씩 질서있게 늘어서 있었으며, 얼굴에는 긴장한 표정이 역력했다.

기개세가 갑자기 나타났지만 운예고수들은 별로 놀라지도 동요하지도 않았다. 그 옆에 문주인 소효령이 나란히 서 있기 때문이다.

그녀들은 기개세를 처음 보기 때문에 그가 천문주라는 사실을 모르고 있었다.

“너! 왜 그러느냐?”

그때 갑자기 우지화가 자신의 앞쪽 어느 운예고수를 턱으로 가리키며 물었다.

아무런 대답이 없자 우지화가 냉정한 어조로 명령했다.

“앞으로 나서라.”

천천히 운예고수들을 둘러보던 기개세는 이윽고 우지화의 전면에서 앞쪽으로 걸어나오고 있는 한 명의 운예고수에게 시선을 던졌다.

“……”

그 순간 그는 그 자리에서 얼어붙었으며 두 눈이 화둥잔처럼 커지고 말았다.

가냘픈 체구에 호리호리한 키, 길게 귀밑머리를 늘어뜨리고 보송보송한 귀밑 솜털을 지닌 한 소녀가 사박사박 발자국 소리를 내며 걸어나오다가 걸음을 멈추고 있었다.

실내에 있는 어느 여자보다도 아름다운 미모의 소유자, 아니, 당금 천하에서 가장 아름다운 두 여자 중의 한 명으로 손꼽히는 절대미녀.

기개세가 꿈속에서조차 잊지 못하고 있는 소옥군, 바로 그녀가 아닌가.

기개세는 소옥군이 이곳에 있을 것이라고는 눈곱만큼도 예상하지 못했었다.

하지만 조금만 깊이 생각을 했었다면, 운예문의 정예고수 오십 명 속에 소옥군이 끼어 있을 것이라는 추측은 너무도 당연한 일이었다.

소효령이 기개세를 이곳에 데려오려고 했던 이유는 소옥군을 만나게 해주려는 의도였다.

기개세가 아직도 마음속 깊이 소옥군을 사랑하고 있는 것이 변함없으며, 소옥군 또한 기개세에 대한 그리움으로 마음고생을 해서 나날이 수척해지고 있다는 사실을 잘 알고 있기 때문이었다.

소효령은 기개세를 남몰래 사랑하고 있었지만 딸에게서

그를 뺏고 싶은 생각은 추호도 없었다. 또한 그 누구에게도 질투 같은 것을 하지 않는다.

그녀는 그저 남몰래 기개세를 사랑하고 있을 뿐이었다. 그 사실이 백일하에 드러나는 것도, 기개세가 알게 되는 것도 원하지 않는다. 아니, 두렵다.

그러므로 이렇게 기개세 곁에서 평생 그를 바라보고 있는 것만으로도 행복하다.

그렇게 그녀의 사랑은 순수하면서 또한 복잡하다.

소옥군은 기개세와 소효령이 나란히 실내로 들어서는 순간 그를 발견하고 소스라치게 놀랐다.

반면에 기개세는 많은 사람 속에 섞여 있는 소옥군을 미처 발견하지 못했다.

소옥군이 기개세를 발견하고 놀라는 표정을 짓자 그것을 이상하게 여긴 우지화가 그녀를 지적한 것이다.

"네 이름이 무엇이냐?"

"……"

우지화의 물음에 소옥군은 입을 꼭 다물고 고개를 숙였다.

우지화는 가볍게 아미를 찌푸렸다.

"이름이 무엇이냐고 물었거늘!"

소옥군은 고개를 숙인 채 조그만 목소리로 겨우 대답했다.

"소… 옥군입니다."

"뭐라고?"

순간 우지화의 안색이 크게 변했다. 그녀는 열 달쯤 전에 낙성검가에서 소옥군을 먼발치에서 한차례 얼핏 본 적이 있을 뿐이어서 그녀의 얼굴을 기억하지 못했다. 그러나 이름은 많이 들어서 잘 알고 있다.

"강남천궁 소옥군이라는 말인가?"

"그… 렇습니다."

소옥군의 신분을 확인한 우지화는 적잖이 당황했다.

소옥군의 얼굴은 몰라도 그녀가 장차 천문주의 부인이 될 것이라는 사실은 잘 알고 있었기 때문이다.

우지화는 일순 어떻게 해야 할지 갈피를 잡지 못하다가 가라앉은 목소리로 입을 열었다.

"열외(列外)로 나오세요. 소저를 제십이운 휘하에 둘 수는 없습니다."

고개를 숙이고 있는 소옥군의 가녀린 몸이 움찔하더니 곧 고개를 들고 우지화를 바라보면서 의아한 표정으로 물었다.

"제게 무슨 결함이 있기 때문입니까?"

우지화는 고개를 가로저었다.

"그렇지 않아요."

소옥군은 우지화가 갑자기 자신에게 존대를 하고 제십이운에서 제외시키려는 것을 도저히 이해할 수가 없었다.

그도 그럴 것이, 소옥군은 아직 기개세의 진실한 신분을 모르고 있었으며, 우지화를 비롯한 기개세의 측근들이 자신을

장차 천문주의 부인 감으로 생각하고 있다는 사실을 모르고
있기 때문이었다.

소효령은 딸에게 기개세에 대해서 일체 말해주지 않았다.
혹시나 그것 때문에 딸이 기개세를 어려워하게 될까 봐 배려
를 한 것이다.

우지화는 소옥군에게 공손했지만 또한 단호했다.

"어쨌든 천궁 소저를 제 휘하에 둘 수는 없어요. 열외로 나
오세요. 이것은 명령이니 무조건 따르도록 하세요."

그러나 소옥군도 만만치 않았다. 그녀는 물러서지 않았다.

"이유를 명확하게 알기 전에는 명령에 따를 수 없습니다."

우지화는 대체 어떻게 설명을 해야 할지 난감했다. 그렇다
고 네가 천문주의 부인 감이라서 그런다고 대놓고 말할 수는
없는 노릇이었다.

지켜보고 있던 기개세는 결국 자신이 나설 수밖에 없다고
생각했다. 그가 보기에 소옥군은 아직 아무것도 모르는 것 같
았다.

그는 호신막을 걷고 조용히 우지화를 불렀다.

"화야."

"앗!"

뒤에서 불쑥 들려온 기개세의 목소리에 우지화는 깜짝 놀
라서 급히 뒤돌아보았다.

그녀는 우뚝 서 있는 기개세를 발견하고 눈을 동그랗게 뜨

며 크게 놀랐다.

"주군!"

이어서 즉시 그 자리에 부복했다.

"주군을 뵈옵니다."

뒤를 이어서 운예고수 사십구 명도 일제히 부복했다.

"주군을 뵈옵니다!"

그러나 단 한 사람, 소옥군만은 그 자리 우두커니 서서 대경실색한 표정을 가득 떠올리고 있었다.

기개세 옆에 서 있는 소효령은 안타까운 표정으로 딸을 바라보았다. 그녀는 이 상황을 어떻게 해야 할지 난감했다.

"설마… 당… 신이 천문주였나요?"

소옥군이 경악하는 표정에 가늘게 떨리는 목소리로 간신히 입을 열었다.

"군아."

"대답하세요."

기개세는 천천히 고개를 끄덕였다.

"그래."

"당신, 어떻게 그런……."

소옥군의 두 눈에 원망이 가득 차올랐다.

순간 그녀는 쏜살같이 대전 밖으로 쏘아나갔다.

휘익!

그때 문득 기개세는 소옥군의 머리에 꽂혀 있는 반짝이는 물체를 발견했다.

처음 그녀를 만났을 때 기개세가 선물했던 비녀 비취쌍조잠이다. 그녀가 그것을 머리에 꽂고 있는 것이다.

"군아!"

기개세는 그녀를 부르면서 즉시 뒤쫓아갔다.

낙양성 밖 낙수(洛水) 강변.

강둑 위 한 그루 휘늘어진 수양버들에 기대어 소옥군은 흐느껴 울고 있었다.

왜 우는지 그녀 자신도 모른다. 그저 서러워서 자꾸만 눈물이 났다.

아마도 오랫동안 참고 참았던 서러움이 한꺼번에 터져 나온 것 같았다.

기개세가 천문주라는 사실이 촉매제 역할을 했다. 그 사실이 놀랍기는 하지만 이렇게 서럽게 목을 놓아 울 만한 일은 아닌 것이다.

슥.

그때 소옥군의 뒤쪽에서 하나의 손이 부드럽게 그녀의 어깨에 얹혀졌다.

울던 그녀는 움찔 가볍게 교구를 떨고는 뒤돌아보았다.

그곳에는 기개세가 몹시 미안해하는 표정으로 서 있었다.

비를 흠뻑 맞은 한 송이 수선화 같은 소옥군은 눈물 너머로 기개세를 바라보았다.

"군아, 내가 잘못했어."

기개세가 진심 어린 표정과 목소리로 말문을 열었다.

소옥군을 살래살래 고개를 가로저었다. '당신이 잘못한 것은 없어요' 라고 말하려는데 목소리는 나오지 않고 눈에 고여 있던 눈물만 후두두 떨어졌다.

그날의 작은 오해가, 그 당시에는 컸으나 돌이켜 보면 별것 아니었던 그 사건이 두 사람을 너무나도 오랫동안 아프게 만들었다.

소옥군은 두 손을 앞에 모으고 천천히, 그리고 조심스럽게 기개세의 가슴에 기대듯이 안겼다.

방금 전까지 서럽게 울던 그녀는 언제 울었냐는 듯 아주 편안한 표정으로 눈을 감으며 기개세의 가슴에 뺨을 댔다.

이렇게 쉽고도 간단한 것을, 너무도 어렵게 견뎌왔다는 사실이 바보 같다는 생각이 들었다.

기개세는 그녀를 가슴에 꼭 안았다. 아무 생각도 들지 않았다. 단지 세상을 다 가진 것 같은 벅찬 마음밖에는.

소옥군이 고개를 들고 함초롬히 기개세를 올려다보았다. 수줍은 듯 행복한 표정이다.

그녀의 얼굴을 보는 순간 기개세의 가슴속에서 무엇인가 꿈틀 움직였다.

그는 이끌리듯 고개를 숙였다.

소옥군은 사르르 눈을 감으면서 얼굴을 들고 두 발끝으로 종부돋움을 하여 키를 높였다.

눈을 감은 그녀의 길고 우아한 속눈썹이 어떤 기대에 차서 파르르 떨렸다.

기개세의 두툼한 입술이 소옥군의 조그맣고 새빨간 입술을 짓누르듯이 덮었다.

이어서 두 사람의 입술이 열리고 누가 먼저랄 것도 없이 혀가 뒤엉켰다.

혀에는 두 사람의 영혼과 순결과 사랑이 담겨 있었다. 두 사람은 격렬하게 몸을 떨면서 그것들을 서로 교환하고 또 확인했다.

어느새 소옥군은 두 팔로 기개세의 목을 꼭 안았으며, 기개세는 그녀의 가느다란 허리를 힘주어 안았다.

기개세에 비해서 머리 하나 이상 작고 체구는 절반도 되지 않을 듯한 소옥군은 그에게 매달리는 듯하더니 번쩍 들어 올려졌다.

소옥군은 두 다리를 활짝 벌려 기개세의 허리를 힘껏 조이듯이 끌어안았다.

기개세는 그녀의 둔부를 떠받친 채 미친 듯이 그녀의 입술과 혀를 탐닉했다.

소옥군은 이제 다시는 기개세와 떨어지지 않으려는 듯 결사적으로 그에게 매달렸다.

두 사람의 입술이 잠시 떨어졌을 때 소옥군이 노을처럼 붉
어진 얼굴로 가쁜 숨을 몰아쉬며 속삭였다.

"사랑해요. 죽도록……."

기개세는 말로 대답하지 않았다.

와락 그녀의 입술을 다시 덮는 것으로 대답을 대신했다.

"세상에……."

한송연의 두 눈이 화등잔처럼 커졌다가 곧 눈이 부신 듯 반
쯤 감겨졌다.

그녀는 자신의 앞에 다소곳이 서 있는 소옥군을 넋이 나간
듯한 표정으로 바라보고 있는 중이었다.

"너무 아름답구나. 어쩜 인간이 이처럼 아름다울 수가 있
다니……."

한송연의 감탄에 소옥군은 어쩔 줄을 모르고 얼굴이 빨개
져서 고개를 숙였다.

"천하이미라더니 과연……."

얼마 전에 한송연은 나운상의 미모에 감탄을 금치 못하면
서 천하에서 그녀보다 아름다운 여자는 없을 것이라는 생각
을 했다.

그런데 그녀와 견줄 만한 미녀가 눈앞에 나타난 것이다.

나운상은 건강미가 넘치면서 도도하고 차가운 미모를 소
유하고 있다.

반면에 소옥군은 정적이고 우아한 아름다움이어서 보고 있노라면 저절로 옷깃이 여며질 정도다.

소옥군과 나운상의 미모는 가히 쌍벽을 이루어서 누가 더 아름답다고 잘라서 말하기가 어려웠다.

그러나 한송연 개인적인 견해로는 나운상의 옥으로 깎은 듯한 절제된 미모보다는 소옥군의 부드럽고 우아한 미모가 더 좋았다.

"어때요? 군아 정말 예쁘죠?"

소옥군 옆에 선 기개세가 싱글벙글 웃으면서 물었다.

그 말을 듣고서야 한송연은 비로소 조금 제정신이 돌아오는 것 같았다.

"그렇구나. 나는 이렇게 아름다운 여자를 한 번도 본 적이 없는 것 같아."

"그렇죠?"

기개세는 헤벌쭉한 얼굴로 미소가 지워지지 않았다.

한송연은 지난번에 나운상과 가란, 설화쌍봉이 소위 '일처사첩' 이라고 떠들면서 소옥군이 일처고 자신들이 사첩이라고 말한 것을 들은 적이 있었다.

"이 소저가 우리 가족이 되는 것이냐?"

이미 소옥군을 며느리라고 생각하는 듯 한송연이 다정하게 물었다.

그러나 기개세는 여태까지와는 달리 갑자기 쭈뼛거리면서

대답을 하지 못했다.

예전에는 걸핏하면 소옥군을 자신의 마누라라고 떠벌이고 다녔지만 그것은 어디까지나 그 혼자만의 생각이었고, 그렇게 말할 때마다 소옥군은 질색을 했었다.

또한 그는 더 이상 예전의 망나니 기개세가 아니다. 몸도 마음도, 그리고 정신도 천문주에 걸맞게 성장한 상태다. 그러므로 소옥군의 마음 같은 것은 배려하지도 않고 혼자서 결정할 수는 없는 것이다.

"네, 어머님."

그런데 소옥군이 뺨을 발갛게 붉히면서 대답을 하는 것이 아닌가.

기개세는 희색이 만면해서 소옥군을 쳐다보았다. 그러자 그녀는 더욱 부끄러워하면서 어쩔 줄을 모르고 고개를 숙인 채 옷자락만 만지작거렸다.

그런 그녀의 모습이 너무나 예뻐서 기개세는 눈을 반개하고 바보 같은 표정을 지을 뿐이었다.

그때 문이 열리고 하여상이 들어섰다. 그녀는 한송연과 무척 친해져서 친자매처럼 지내기 때문에 하루 중 거의 절반은 둘이 함께 보낸다.

들어서다가 소옥군을 발견한 하여상이 반가운 표정으로 소옥군에게 다가와 손을 잡았다.

"군아가 아니냐? 도대체 어디에 있다가 이제야 나타난 것이냐? 우리 아들이 너 때문에 병이 날 지경이었단다.”

“어머님, 소녀의 인사를 받으세요.”

하여상이 반겨주는 바람에 눈물이 날 것처럼 고마운 소옥
군이 절을 하려고 하자 하여상은 얼른 그녀를 붙잡아서 의자
에 앉혔다.

“인사는 무슨, 오랜만에 만났으니 우리 두 시어미하고 재
미있는 이야기나 나누자꾸나.”

그녀는 아예 소옥군을 며느리처럼 대했다.

“영아, 넌 바쁘지 않느냐? 어서 가서 네 할 일이나 해라. 군
아는 이따가 밤에 돌려주마.”

그녀는 기개세는 쳐다보지도 않고 축객을 했다.

第八十七章
세 여자만 내 여자

“그래?”

부옥령의 설명을 들은 기개세는 가볍게 놀라면서도 기쁜 표정을 지었다.

“정아가 운상을 좋아하고 있다고?”

“틀림없어요. 제 눈은 못 속여요.”

부옥령은 확신한다는 듯 고개를 한차례 크게 끄덕이고는 말을 이었다.

“운상도 정아를 싫어하는 눈치는 아니에요.”

“음.”

유정이 진운상을 좋아한다는 것이다. 유정이든 진운상이

든 어디에 내놔도 흠 잡을 데 없는 선남선녀들이다. 둘은 정말 잘 어울리는 한 쌍이었다.

"정아가 너무 애태우고 있는 것 같아서, 혹시 우리가 힘을 보태서 두 사람을 엮어주면 어떨까 하고……."

탁!

기개세는 부옥령의 어깨를 가볍게 두드리며 미소 지었다.

"알았다. 잘 알려주었다, 옥령."

기개세는 생각난 듯 물었다.

"그런데 너희 적하장은 어찌 되었느냐?"

부옥령은 기개세가 물어줘서 기쁘다는 듯 명랑한 목소리로 대답했다.

"저희 적하장 고수들은 제삼군 천도군 휘하 이단(二團) 제이십사운(第二十四運)으로 편성되었으며, 아버님께선 이십사운주에 임명되셨어요."

"잘됐구나."

부옥령은 생각만 해도 기쁘고 신나는 듯 열띤 어조로 말을 이었다.

"운남 시골구석의 적하장이 천검신문 휘하에 들다니… 부모님께서는 너무 기뻐서 어쩔 줄 몰라 하세요. 더구나 그분들은 제가 천문주의 최측근인 팔대명왕이라는 사실이 아직까지도 믿어지지 않는대요."

그럴 것이다. 부옥령의 말마따나 들어본 적도 없는 운남성 시골 촌구석의 조그만 장원 출신인 부옥령이 대정숙을 무사히 수료했다는 사실만으로도 경사스러운 일인데 전설의 천문주 최측근 팔대명왕으로 발탁이 되고, 그 아들 덕분에 적하장은 천검신문의 휘하가 되었으니 꿈도 이런 꿈은 없을 터였다.

"고마워요, 주군."

마음이 여린 부옥령은 그 생각만으로도 눈물이 솟구쳐서 울먹거리며 기개세를 바라보았다.

기개세는 빙그레 미소 지었다.

"옥령아, 그게 네 복이고 운이다."

사실 적하장을 천검오군 중에서도 싸움을 위주로 하는 군에 넣으라고 기개세가 도기운에게 넌지시 말해두었었다.

물론 적하장의 고수들, 아니, 고수라고 부르기에는 턱없이 무위가 낮은 무사들은 다른 고수들과 형평이 맞지 않아서 장차 여러 사람에게 피해를 입힐지도 모른다.

그래서 기개세는 적하장을 천검오군에 배속시키는 대신 쉬는 시간은 물론이고 잠잘 틈도 주지 말고 무공 연마를 시키라고 일러두었다.

적하장뿐만 아니라 서주동의 남천문도 안배를 해두었다. 그들도 천검오군의 어딘가에 배속되어 지금쯤 뼈가 가루가 될 만큼 고되게 무공 연마를 하고 있을 것이다.

"너희 둘, 대정숙에 가야겠다."

기개세는 앞에 나란히 서 있는 유정과 진운상에게 조금 딱딱한 어조로 말했다.

평소 같지 않은 어조로 말하는 것은 두 사람에게 이것이 사사로운 일이 아니라 몹시 중요한 임무라는 점을 강조하려는 의도였다.

그러나 사실 기개세는 이 임무 중에 유정과 진운상이 많이 가까워지기를 바랐다. 그래서 두 사람을 선택해서 이 임무를 맡기는 것이다.

"지금 대정숙에 천하에서 모여든 대정고수들이 있을 것이다. 그들의 무위를 분류한 후에 편제를 해라."

진운상은 긴장하는 표정을 지었다.

"편제라고 하셨습니까?"

"그렇다."

"대정고수들을 천검신문의 휘하에 두는 것입니까?"

일전에 기개세는 대정총장 풍천으로부터 대정신기패를 받아두었다.

대정신기패는 천하에 흩어져 있는 대정고수들을 부릴 수 있는 신패다.

"아니다. 대정고수들은 별동대(別動隊)다. 앞으로 너희 둘이 그들을 지휘하도록 하라."

"……."

　진운상과 유정은 너무 놀라서 눈을 휘둥그렇게 떴다.

　천하에 현존해 있는 대정고수의 수는 무려 천오백여 명이다. 그들이 전부 모이지 않는다고 해도 최소한 천여 명은 운집할 것이다.

　그것을 진운상과 유정더러 선뜻 지휘하라고 하니 놀라지 않을 재간이 없다.

　"왜 대답이 없나? 할 수 없겠나?"

　진운상과 유정은 서로의 얼굴을 마주 쳐다보았다. 실로 막중한 임무이기는 하지만 못할 것도 없다. 두 사람 사이에 뜨거운 눈빛이 오갔다.

　대정고수들의 우두머리가 되라고 했을 때 예상하지 못했던 일이라서 크게 놀라기는 했으나 기가 꺾일 정도는 아니다.

　이들이 누군가. 기개세와 함께 능소지를 이끌어온 팔대명왕 중 두 명이 아닌가.

　진운상과 유정은 아주 짧은 순간에 눈빛을 교환하면서 서로의 뜻을 확인했다.

　두 사람은 기개세를 보며 자신감 넘치는 표정을 지었다.

　"맡겨주십시오."

　"최고의 별동대로 만들겠어요."

　기개세는 고개를 끄덕이면서 품속에서 하나의 물건을 꺼내서 내밀었다.

　"부탁한다."

기개세의 손바닥 위에는 대정신기패가 놓여 있었다. 그것을 주시하는 진운상과 유정의 눈빛이 강렬하게 타올랐다.

슥—

유정이 손을 뻗어 대정신기패를 집어들었다. 이어서 그것을 뚫어지게 주시하다가 진운상에게 내밀었다.

'당신이 별동대의 최고 우두머리예요' 라고 그 동작이 말하고 있었다. 그것은 또한 유정이 스스로를 둘째라고 낮추는 의미이기도 했다.

진운상은 유정의 얼굴과 대정신기패를 번갈아 쳐다보다가 이윽고 천천히 대정신기패를 집어들었다.

그녀의 뜻을 받아들인 것이다. 그녀의 마음도 함께.

바로 그 순간 두 사람은 자신들이 천검신문이라는 한 척의 거선(巨船)에서 별동대라는 작은 나룻배로 옮겨 탄 공동운명체라는 사실을 깨달았다.

두 사람을 나룻배에 태운 기개세는 그들이 잘해낼 수 있을 것이라고 굳게 믿으며 빙그레 미소를 지었다.

기개세와 능소지 친구들이 대정숙을 수료한 지 오늘로서 한 달이 지났다.

그동안 기개세는 많은 일을 처리했으며, 웬만한 일들은 거의 정리가 된 상태다.

이제 무창성으로 간 부친 기무군이 사도구련의 정예고수들을 이끌고 낙양성에 당도하면 기개세는 천문을 찾아 떠나는 일만 남았다. 그것이 그에게는 가장 중요한 일이었다.

침실에는 기개세 혼자 창문을 활짝 열어놓은 채 그 앞에 서 있었다. 시선은 야공을 향해 있지만 달이나 별을 보고 있는 것이 아니다.

떠나기 전에 처리할 것 중에서 무엇을 놓친 것이 없는지 머릿속으로 이것저것을 정리하고 있는 중이었다.

아까 저녁에 대정숙 정경장로 장가서가 다녀갔다. 내일 정오쯤에 구대문파의 무림맹인 천불지도의 최고 우두머리 불도주가 인사차 낙성검가를 방문한다고 했다.

천불지도는 단 백 명으로 이루어졌다고 한다. 천불지도가 생긴 지 삼십여 년 동안 구대문파가 심혈을 기울여서 백 명만을 길러냈으니 그들의 무위가 어느 정도인지는 미루어 짐작할 수가 있었다.

그러나 실상 천불지도는 백 명뿐만이 아니다. 구대문파가 만들었으니 구대문파 전체가 천불지도에 속한 고수라고 봐야 한다.

그러므로 유사시에는 불도주 휘하에 구대문파 고수 수천 명이 집결할 것이다.

척!

그때 방문이 열리고 나운상과 소랑이 조심스럽게 실내를

살피면서 들어섰다.

그런데 나운상은 큼직한 쟁반을 들고 있었으며, 거기에는 몇 가지 맛있는 요리와 술이 담긴 옥으로 만든 주자(注子:주전자)가 놓여 있었다.

나운상은 탁자에 요리와 술을 내려놓으면서 약간 코 먹은 목소리로 입을 열었다.

"이제 웬만큼 큰일은 다 끝났죠? 오늘 밤은 한잔하고 푹 주무세요."

지난번에 모용군이 찾아온 날 나운상은 기개세에게 단둘이 자자고 반쯤은 협박조로 약속을 받아냈었다.

그러나 약속은 지켜지지 않았다. 기개세가 약속을 어긴 것이 아니라 나운상이 해야 할 일이 너무 많아서 밤을 꼬박 새워야만 했던 것이다. 나중에 안 일이지만, 그날 밤에는 기개세도 밤을 새웠다고 한다.

그 이후에도 다들 바빠서 정신없는 나날을 보냈고, 기개세는 잠을 잘 때면 소랑만을 데리고 잤다.

그래서 오늘은 나운상이 작심을 하고 술상까지 손수 들고 찾아온 것이다.

기개세와 단둘이 아니더라도 오늘만큼은 반드시 그와 한 침상에서 잠을 잘 생각이다.

"좋은 생각이군. 그러지 않아도 출출했었는데."

기개세가 자리에 앉기를 기다렸다가 소랑과 나운상이 그

의 양옆에 앉았다.

"이 요리를 맛있게 만들어달라고 제가 직접 숙수에게 지시한 거예요."

요리나 바느질 등 여자가 필수적으로 갖춰야 하는 일은 젬병인 나운상이 요리 한 점을 집어서 기개세 입에 넣어주며 자랑을 했다.

세 사람은 조용한 가운데 창을 통해 흘러드는 달빛을 벗 삼아서 술잔을 기울였다.

소랑은 기개세와 생활하다 보니까 이제 웬만큼 술을 마실 수 있게 되었고, 나운상은 원래 두주불사(斗酒不辭)라서 말리지 않으면 끝없이 마신다.

나운상은 기개세와 알몸으로 살을 맞댄 채 잠을 자는 것도 좋아하지만 지금처럼 호젓한 분위기도 좋아한다.

세 사람이 두 번째 주자의 술을 마시기 시작했을 때 문이 열리고 뜻밖에도 소옥군이 들어섰다.

"어서 와, 군아."

기개세는 기쁜 얼굴로 소옥군을 반겼다. 그녀와 재회하게 된 그는 행여나 그녀가 불편하거나 눈살을 찌푸리는 일이 생길까 봐 매사에 조심을 했다.

예전 같으면 소옥군과 함께 있을 땐 두 손이 쉬지 않고 그녀의 온몸을 더듬었으나 지금은 일체 그러지 않는다.

얼마 전에 낙수 강변에서 소옥군과 뜨거운 입맞춤을 한 이후 기개세는 한차례도 그녀의 몸을 만지지 않았다. 제 딴에는 많은 노력을 기울이고 있는 것이다.

소랑은 소옥군과 안면이 있으며 기개세를 사이에 두고 함께 잠을 잔 적도 있어서 그녀를 낯설어하지 않는다.

하지만 나운상은 소옥군이 출현한 이후부터 심신이 극도로 경직되어 있는 상태다.

소옥군은 나운상이 인정하는 기개세의 정실부인 감이고 자신은 첩이기 때문이다.

기개세와 소랑은 그대로 자리에 앉아 있는데, 나운상은 벌떡 일어나 자신의 자리를 소옥군에게 양보해 주고 뒤로 물러나 우두커니 섰다.

"할 말이 있어서 왔어요."

소옥군은 나운상의 자리에 앉아 미소를 지으면서 기개세를 바라보며 입을 열었다.

기개세는 훈훈한 미소를 지었다.

"무슨 말이든 해봐."

소옥군은 나운상을 탁자 맞은편에 앉도록 하고 난 후에 말을 시작했다.

"소녀와 함께 잠을 자는 것이 싫으세요?"

단도직입적인 물음에 기개세는 물론 나운상도 깜짝 놀랐다.

기개세는 손을 휘휘 저었다.

"싫을 리가 있나? 군아하고 함께 자는 것이야말로 내가 절 실하게 원하는 일인데. 다만 군아가 원하지 않는 것 같아서 조심하고 있는 거야."

소옥군은 기개세의 마음을 알겠다는 듯 가볍게 고개를 끄 덕였다.

"그럼 오늘부터 소녀와 함께 자요."

기개세는 반색했다.

"정말이야?"

"네."

"우헤헷! 신나는군!"

망나니 시절의 천박한 웃음소리가 오랜만에 흘러나왔다.

그러나 나운상의 얼굴이 어두워지는 것을 기개세는 발견 하지 못했다.

나운상은 소옥군의 '함께 자자'는 말에 좋아서 바보처럼 웃는 기개세가 처음으로 미웠다.

나운상은 지금까지 기개세와 한 몸처럼 지냈던 것으로도 만족하지 못하고 더 큰 욕심을 부렸다.

그런데 지금 생각해 보니까 지난 시절이 그녀에겐 최고로 행복했다.

막상 찬바람이 몰아닥치니까 따스했던 봄날이 좋았었다는 사실을 깨닫게 된 것이다.

나운상은 자신의 전성기가 서산 너머로 지고 있는 것을 실감했다.

정실부인 감이 전면에 나서면 첩은 나 죽었소 하고 가만히 있어야 한다. 첩이 정실부인하고 싸울 수는 없다.

기개세가 소옥군하고 잠을 자는데 아무리 간이 큰 나운상이라고 해도 같이 자자고 끼어들지는 못한다.

"그 말 하려고 온 거야?"

소옥군 앞에서의 기개세는 하늘이 내린 천문주가 아니라 그저 꼬리 잘 흔드는 한 마리 수캐 같았다.

그래서 나운상은 그가 더 미워졌다. 자신에게는 저런 모습을 한 번도 보인 적이 없었던 것이다.

"아직 더 있어요."

소옥군의 말에 나운상은 자신의 인생에 어둠이 내렸는데 이제 소나기까지 오려고 한다는 것을 예감하고 가슴속에 납덩이가 들어앉은 기분이 됐다.

"뭐든지 말만 해."

기개세는 소옥군에게 바짝 다가앉으며 말했다. 그녀가 죽으라면 죽을 기세였다.

맞은편의 나운상이 싸늘한 눈빛을 보내고 있다는 사실도 깨닫지 못하는 듯했다.

"당신 주변의 여자들을 정리하세요."

그 말에 나운상은 드디어 올 것이 왔다는 생각이 들었다.

"여자가 모두 몇 명이고 또 누구누구인지 이 자리에서 분명하게 밝히세요. 앞으로는 그녀들만 당신과 잠자리를 할 수 있어요."

바닥이 보이지 않는 절망의 나락으로 추락하고 있던 나운상에게 갑자기 위에서 밧줄 하나가 던져졌다.

그녀는 놀란 얼굴로 소옥군을 쳐다보았다. 소옥군은 우아한 자태를 잃지 않은 채 기개세를 바라보면서 대답을 기다리고 있었다.

나운상은 이번에는 기개세를 쳐다보았다. 그때 기개세는 막 나운상을 쳐다보면서 그녀를 가리키고 있는 중이었다.

"상아, 그리고 랑아 둘뿐이야."

그는 나운상과 소랑을 번갈아 가리켰다.

"대가……."

나운상은 기개세가 자신을 첫 번째로 불러줬다는 사실에 감격해서 눈물이 왈칵 솟구쳤다. 방금 전까지 그를 미워했던 감정은 씻은 듯이 사라졌다.

그때 소옥군이 소랑을 보면서 기개세에게 물었다.

"작은 소저도 당신의 여자인가요?"

오늘 소옥군은 굉장한 결심을 하고 기개세를 찾아온 것이 분명했다.

그리고 기개세에게 이런 식으로 들이대는 사람은 천하에 소옥군 한 명뿐일 것이다.

지금 거론되고 있는 '여자' 라는 것은 기개세의 처, 아니면

첩을 뜻하는 것이다.

그리고 장차 그와 정사를 하게 될 것이고, 그의 자식을 낳는 것을 뜻한다.

흉터 때문에 마치 문불사(蚊不死:곰보)처럼 얼굴이 보기 흉해진 소랑의 눈가에 처음으로 불안과 슬픔이 교차했다.

소옥군이 소랑을 '작은 소저'라고 호칭하는 것은, 예전 그녀를 처음 만났을 때 기개세가 '여동생'이라고 소개를 했기 때문이다.

'작은 소저'라는 말은 소랑이 기개세의 여동생이라는 암시 이상의 역할을 했다.

그 말을 듣고 나운상과 소랑 둘 다 '기개세의 여자'에서 '작은 소녀'가 배제될 것이라고 짐작했다.

기개세가 소랑을 쳐다보는 것과 그녀가 일어서려고 한 것은 동시에 벌어졌다.

소랑은 갑자기 이 자리가 몹시 불편해졌다. 기개세의 입에서 어떤 대답이 나올지는 들어보지 않아도 알 수 있을 것 같기 때문이다.

하지만 그 대답을 구태여 듣고 싶지는 않았다. 왜 그런지는 그녀도 모른다.

아니, 사실은 이유를 알고 있었다. 기개세를 오빠가 아닌 한 남자로 생각하고 있기 때문이다. 그래서 대답을 듣고 비참해지기 전에 이 자리를 벗어나려는 것이다.

그때 기개세가 자연스럽게 팔을 뻗어 소랑의 어깨를 감쌌다. 막 일어서려고 의자에서 궁둥이가 떨어졌던 소랑은 그대로 주저앉았다.

하지만 소옥군과 나운상에겐 그녀가 그대로 앉아 있는 것처럼 보였다.

소랑은 기개세가 무엇 때문에 팔로 자신의 어깨를 감쌌는지는 모르지만, 이제 곧 그가 하게 될 말 때문에 많이 비참해질 것이라는 생각이 들었다.

그 할 말이라는 것이 '랑이는 어렸을 때부터 누이동생처럼…' 운운하는 것이 아니겠는가.

기개세는 소랑의 어깨를 감싸고 소옥군을 보면서 빙그레 미소 지었다.

"그래, 랑이도 내 여자야."

"……!"

고개를 약간 숙이고 있던 소랑의 자그마한 몸이 움찔하고 떨렸다.

그녀는 급히 고개를 들고 기개세를 바라보았다. 기개세는 소옥군을 보면서 말을 잇고 있었다.

"얼마 전까지만 해도 랑이를 여동생으로만 여겼는데, 알고 보니까 내가 랑이를 여자로서도 좋아하고 있다는 사실을 깨달았어."

사실 그는 지금도 소랑을 여동생으로 여기고 있었다. 하지만 그는 지금 편법을 쓰고 있었다.

소랑을 '자신의 여자' 에서 배제시키면 앞으로 그녀를 가까이 두지 못할 것 같았기 때문이다.

또 한 가지 이유는, 지난번에 소랑이 만신창이가 되어 돌아온 직후 그녀에 대한 생각이 바뀌었다는 것이다.

기개세 자신을 위해서 죽음도 불사하는 그녀의 행동에 마음이 크게 움직였던 것이다.

그 일을 계기로 해서 예전의 소랑이 자신에게 얼마나 희생적이었는지를 되돌아보았고, 또한 그녀의 심정을 깊이 헤아려 보게 되었다.

'어쩌면 랑이는 나를 남자로 여기는 것이 아닐까?'

그래서 그런 생각을 하게 되었고, 그렇다는 결론을 내렸다.

기개세는 소랑을 굽어보며 부드럽게 미소 지었다.

"만약 랑이도 나를 남자로 생각한다면 말이지."

그 말을 들으면서 소랑은 고개를 푹 숙였다.

"말해봐, 랑아. 너는 나를 어떻게 생각하지?"

소랑은 고개를 더 숙였다. 눈물이 하염없이 방울방울 무릎으로 떨어졌다.

소옥군은 그 모습을 보며 담담하게 고개를 끄덕였다.

"대답을 듣지 않아도 알겠군요."

그 말에 소랑의 작은 몸이 화드득 떨렸다. 소옥군의 말을 오해한 것이다.

소랑은 번쩍 고개를 들고서 비 오듯이 눈물이 쏟으면서 큰 소리로 또렷하게 외쳤다.

"소녀는 오빠를 사랑하고 있어요!"

소랑은 모두들 빙그레 미소 지으면서 자신을 쳐다보자 민망한 표정을 지었다.

소옥군이 고개를 끄덕였다.

"알고 있어요."

소랑은 그제야 소옥군의 말뜻을 알아듣고 능금처럼 새빨개진 얼굴을 기개세 품에 묻었다.

"난 몰라."

작은 살수 소랑을 한없이 부끄럽게 만드는 것, 그것이 바로 사랑이었다.

"더 있나요?"

소옥군이 기개세를 말끄러미 응시하며 물었다.

나운상과 소랑은 이제 기개세가 쌍봉루의 가란과 설화쌍봉을 거론할 것이라고 짐작했다.

"없어. 끝이야."

그러나 기개세 입에서 나온 대답은 전혀 뜻밖이었다.

나운상과 소랑은 똑같이 기개세 얼굴을 쳐다보았다. 그녀들의 눈빛은 '가란과 설화쌍봉은요?' 라고 묻고 있었다.

소옥군은 배시시 웃으면서 고개를 끄덕였다.

"알았어요."

　사실 소옥군이 돌아온 후 기개세는 자신의 행동이나 주변의 여자들에 대해서 심사숙고한 적이 있었다.

　그렇게 해서 내린 결론이, 소옥군과 나운상, 소랑하고는 죽을 때까지 함께 갈 수 있는데, 가란과 설화쌍봉은 그렇지 못하다는 것이었다.

　물론 지금처럼 생각날 때마다 드문드문 그녀들을 찾아가서 회포를 풀 수는 있다.

　하지만 그러는 것은 순전히 그녀들의 희생을 담보로 하는 것이었다.

　말하자면 기개세가 조금 즐겁기 위해서 그녀들을 희생시키는 것이라는 뜻이다.

　가란 등도 여자로서의 행복을 누리면서 살 권리가 있다. 그런데 기개세가 그녀들을 행복하게 해주지는 못할망정 오히려 희생시켜서는 안 된다.

　그녀들에게 쌍봉루를 그만두게 하고 곁으로 불러들이는 것도 하나의 방법이다.

　하지만 그것은 해결책이 아니다. 이제는 아무 짓도 하지 않은 채 침상에서 알몸으로 서로의 몸을 만지고 껴안고 자는 것은 그만둬야 할 때다.

　그것은 기개세만 좋아하는 행위다. 다른 여자들은 그보다 더한 것을 원할 터이다.

　그보다 더한 것은 즉, 정사다. 기개세도 성장해서 이제 어른이 되었다.

여자들과 알몸으로 부대끼면 당연히 정사를 하고 싶어질 것이다. 그러나 아무하고나 할 수는 없다.

그리고 정사를 하고 나면 그녀에 대해서 평생 책임을 져야 할 것이다.

그런 관점에서 그는 가란과 설화쌍봉을 행복하게 해줄 자신이 없는 것이다. 그녀들을 위하는 길은 이제 그만 그녀들을 놓아주는 것이다.

거기까지 생각했을 때 그는 그녀들 곁에 삼야차 형곤과 철웅, 고태가 있다는 사실을 깨달았다.

그것뿐만이 아니다. 예전부터 그들이 가란과 설화쌍봉을 연모했었다는 사실이 생각났다.

그 당시에는 네 것 내 것의 소유 개념이 없었기 때문에 한데 뭉뚱그려서 어울렸었다.

그리고 기개세가 우두머리이다 보니까 형곤 등이 자신들의 속내를 내비칠 수가 없었을 것이고, 가란 등은 그들보다 잘난 기개세에게 무조건 엎어졌던 것이다.

이제는 바로잡아야 할 때라는 생각이 들었다. 그래서 기개세는 얼마 전에 쌍봉루에 다녀왔다.

삼야차에게 가란 등을 제대로 확실히 붙잡으라고 일러두었다. 그 말을 했을 때 그들의 눈빛이 밝아지는 것을 기개세는 발견했다.

그는 삼야차를 친구라고 생각하면서 친구들을 너무 오랫동안 무시했었던 것이다.

이제 기개세는 될 수 있는 한 쌍봉루에 찾아가는 것을 자제해야만 한다. 그것이 모두를 위한 길이었다.

第八十八章

남편을 공유하는 방법

大士夫
대사부

[주군께서는 옷을 다 벗고 살을 부대끼면서 주무시는 것을 좋아하세요.]

술을 다 마시고 난 후 잠자리를 돌보면서 나운상이 소옥군에게 넌지시 전음을 보냈다.

소옥군은 이곳에서 기개세와 함께 자려는 듯 돌아가지 않고 있어서 나운상이 언질을 준 것이다.

그 말만으로 소옥군은 얼굴이 화끈 달아올랐다. 자신과 기개세가 알몸으로 서로 안은 채 잠을 자는 상상을 한 것이다.

나운상과 소옥군이 침상에 잠자리를 다 볼 때까지도 기개세는 탁자 앞에 앉아서 움직이지 않았다. 그 옆에는 소랑이

다소곳이 앉아 있다.

세 여자가 쳐다보니 그는 손으로 턱을 괴고 뭔가 골똘히 생각에 잠겨 있었다.

그럴 때의 그는 여태까지 하고는 전혀 다른 사람처럼 보였다. 매우 진지하면서도 범접하기 어려운 엄숙한 모습이다.

세 여자는 그가 생각을 끝낼 때까지 조용히 기다렸다.

"랑아, 이리 와라."

한참 만에야 생각을 끝낸 기개세는 침상으로 걸어가며 소랑을 불렀다.

기개세는 침상에 걸터앉아서 침상 한복판을 손바닥으로 가볍게 두드렸다.

"옷 다 벗고 여기에 누워라."

소랑은 가볍게 표정이 변했으나 즉시 옷을 모두 벗고 침상에 반듯하게 누웠다.

자그맣고 가녀린 체구의 소랑의 몸에는 얼굴보다 더 심한 흉터가 새겨져 있었는데, 마치 누더기 같기도 하고 수많은 지렁이가 몸에 달라붙어 있는 것처럼 징그럽기도 했다.

침상 가에 서서 그녀의 몸을 보고 소옥군은 매우 놀라는 표정을 지었다.

그러자 나운상이 어째서 소랑의 몸이 그렇게 됐는지를 전음으로 자세히 설명해 주었다.

기개세가 소랑의 몸을 구석구석 자세히 더듬으면서 살펴

보는 동안에 나운상의 설명을 듣고 난 소옥군의 만면에 놀라움과 감동의 표정이 가득 떠올랐다.

소옥군은 기개세가 어째서 소랑을 그처럼 소중하게 여기는지 비로소 깨닫게 되었다.

그러면서 자신도 기개세를 위해서라면 죽음도 두려워하지 않을 것이라고 굳게 결심했다.

소랑은 기개세가 자신의 몸을 구석구석 더듬으며 살펴보고 있지만 조금도 부끄럽지 않았다. 자신의 대소변까지 다 받아낸 기개세인데 무엇이 부끄럽겠는가.

"한번 해보자."

이윽고 기개세는 소랑의 몸에서 손을 떼고 허리를 펴면서 입을 열었다.

"뭘 하시려는 건가요?"

나운상이 침상 가에 걸터앉으며 궁금한 듯 물었다.

"랑이에게 환골탈태와 벌모세수를 시켜주려고 한다. 성공하면 예전의 깨끗한 몸을 되찾을 수 있을 거야."

세 여자는 해연히 놀랐다. 그중에서도 소랑의 놀라움이 가장 컸다. 아니, 놀라움뿐만 아니라 감격이 그녀의 온몸을 휩쓸었다.

소랑을 환골탈태와 벌모세수를 시키면 온몸의 징그러운 흉터가 깨끗이 사라지는 것이 이론적으로는 가능하다.

환골탈태와 벌모세수란 말 그대로 예전의 더러운 몸을 버리고 신선의 몸으로 다시 태어나는 것이기 때문이다.

타인에게 환골탈태와 벌모세수를 시켜주는 것은 기개세로
서는 처음 해보는 일이었다.

하지만 그는 어떻게 할 것인지 이미 머릿속으로 확실하게
계획을 세워두었다.

자신이 환골탈태와 벌모세수를 했을 때와 똑같은 환경을
소랑에게 만들어주는 것이다.

즉, 몸은 소랑의 것이지만, 잠시 동안 기개세의 몸이 되는
것이다.

"너희 두 사람은 호법을 서라."

기개세는 소옥군과 나운상에게 지시하고 나서 소랑을 일
으켜 앉혔다.

"가부좌로 앉아 있되 이제부터 네 몸속에서 무슨 일이 벌
어지더라도 놀라지 말고 또 아무것도 하지 마라."

"네."

소랑은 해맑은 목소리로 대답하면서 사르르 눈을 감았다.
그녀의 얼굴에는 추호도 무서워하는 기색이 없었다. 죽든 살
든 무조건 기개세를 믿기 때문이었다.

기개세는 소랑의 뒤에 가부좌로 앉아 운공조식을 시작했
다.

그사이 소옥군과 나운상은 침상 양쪽으로 나누어 서서 경
계에 들어갔다.

현재 기개세의 체내에는 사부 독고성의 내단이 용해된 공력과 만년혈천수의 기운, 만년옥정유의 기운 세 가지가 뒤섞여 있는 상태다.

그가 일부러 섞어놓았기 때문이지 마음만 먹으면 세 가지를 따로 떼어놓을 수도 있었다.

하지만 지금은 세 기운을 한데 섞은 채 육성까지 이룬 천궁신공을 극한으로 끌어올렸다.

후우우.

그때 소옥군과 나운상은 갑자기 기개세에게서 기음이 흘러나오고 또 무슨 광채 같은 것이 뿜어지는 것을 느끼고는 깜짝 놀라서 급히 쳐다보았다.

그러나 다음 순간 두 여자는 기개세를 보며 크게 놀라 눈을 동그랗게 떴다.

후후우우.

어떻게 된 일인지 다섯 색깔의 눈부신 기류가 층층이 띠를 이루어 기개세의 몸 주위를 소용돌이처럼 회전하고 있었다.

그때 기개세가 두 손을 천천히 들어 올려 소랑의 등 한복판 명문혈에 가만히 밀착시켰다.

후아아앗!

그 순간 그의 몸 주위를 회전하던 오색 기류가 순식간에 그의 몸속으로 흡수되었다가 두 팔을 타고 소랑의 등으로 빨려 들어 갔다.

기개세의 공력은 모조리 소랑의 체내로 흡수된 상태였다. 그는 단지 그녀의 명문혈에 쌍장을 밀착시킨 채 자신의 공력을 조종하고만 있는 것이다.

소랑의 몸으로 흡수된 기개세의 공력, 즉 세 가지 기운은 놀라운 속도로 그녀의 전신 혈맥과 경락을 따라서 주천하기 시작했다.

그냥 주천하는 것이 아니다. 세 가지 기운이 지나가면서 뼈와 살과 피 등 생명의 근원을 모조리 건드리며 깨우고 있는 것이다.

삼 주천이 끝나자 기개세는 소랑의 체내에 삼성의 공력을 남겨둔 채 공력을 회수하고 나서 명문혈에서 손을 떼고 그녀를 침상에 반듯하게 눕혔다.

호법을 서야 할 소옥군과 나운상은 자신들의 본분도 잊은 채 뚫어지게 소랑을 주시했다.

지금 반듯하게 누워 있는 소랑의 몸에서는 은은한 오색의 광채가 빛나고 있었다.

우두둑… 투둑… 뚜거걱!

그때 갑자기 소랑의 온몸이 기음을 터뜨리면서 마구 뒤틀렸다. 환골탈태가 시작된 것이다.

기개세가 그랬듯이 그녀도 머리가 두 배 이상 커지고, 팔다리가 엿가락처럼 늘어나는가 하면 줄어들기도 하고, 배가 만삭처럼 부풀어 올랐다가 꺼지고, 온몸이 침상에서 한 자나 둥실 떠올랐다가 떨어지기를 반복했다.

그런데 그뿐만이 아니었다. 소랑의 온몸 모공에서 꾸역꾸역 먹물 같은 진득한 액체가 밀려 나오기 시작했다.

게다가 머리카락과 몸의 털이 모조리 빠지는가 싶더니 투명한 옥색의 머리카락이 순식간에 다시 자라났다.

또한 뱀이 탈피(脫皮)를 하듯이 피부가 흐물흐물 벗겨지기 시작했다.

한 번, 두 번, 도합 아홉 차례나 피부가 벗겨지고 새 피부가 돋아나기를 반복했다.

실로 놀라운 일이었다. 환골탈태와 벌모세수가 한꺼번에 동시에 벌어지고 있는 것이다.

소옥군과 나운상은 소랑이 두 주먹을 힘껏 움켜쥔 채 이를 악물고 있는 것을 보았다.

그러나 그것도 오래가지 않았다. 잠시 후 소랑은 눈을 번쩍 뜨고 입을 찢어질 듯 크게 벌리면서 처절한 비명을 내지르고 말았다.

"아아악―!"

소랑의 작은 몸뚱이를 갈가리 찢어발길 것 같던, 아니, 실제로 찢어발겼던 엄청난 폭풍우가 마침내 끝났다.

소옥군과 나운상은 자신들의 눈을 의심했다.

두 여자는 침상에 반듯하게 누워 있는 소랑을 눈도 깜빡이지 않은 채 바라보았다.

두 손을 모아 가지런히 배에 올려놓은 채 눈을 뜨고 천장을 바라보고 있는 소랑은 완전히 새사람이 되어 있었다.

원래 그녀는 요선비절을 익혔기 때문에 머리카락과 눈이 피처럼 붉은 색이었다.

그런데 지금은 보통 사람처럼, 아니, 보통 사람보다 훨씬 더 새카만 칠흑 같은 머리카락과 흑백이 너무도 선명한 눈을 갖게 되었다.

하지만 무엇보다도 놀라운 일은 소랑의 몸에 단 하나의 흉터도 남아 있지 않다는 사실이었다.

그녀는 정린장에서 고문을 당하기 전에 지니고 있었던 원래의 몸보다 훨씬 더 아름다운, 아니, 완벽한 신체를 지니게 되었다.

몸에는 잡티 한 점 없으며 마치 한 덩이의 백옥을 깎아서 다듬은 듯한 모습이고, 온몸에서 은은한 빛이 흘러나오는데 너무 투명해서 속이 다 보일 것만 같았다.

소랑은 자신의 몸에 대체 어떤 변화가 일어났는지 아직 모르고 있었다. 그녀는 단지 극심한 고통이 사라졌다는 사실만 알고 있을 뿐이다.

슥─

그때 기개세가 소랑의 명문혈에 다시 쌍장을 밀착시켰다.

내친김에 소랑의 생사현관 소통까지 시도해 보려는 것이

다. 환골탈태와 벌모세수가 성공했으니 생사현관 소통도 가능할 것이라는 생각이었다.

"움직이지 마라."

한마디를 남기고 기개세는 자신의 체내에 있던 공력을 또다시 모조리 소랑의 명문혈을 통해서 주입시켰다.

이어서 소랑의 체내에서 공력을 삼 주천시킨 후에 다시 공력을 둘로 나누어 한 줄기는 임맥 사타구니 회음혈로, 그리고 또 한 줄기는 독맥 정수리의 천령혈을 향해 노도처럼 쏟아 보냈다.

소옥군과 나운상은 소랑의 환골탈태와 벌모세수가 성공했는데 기개세가 또 무엇을 하는 것인지 알 수가 없었다.

그러나 소랑은 기개세의 의도를 깨달았다. 두 줄기 공력이 천령혈과 회음혈을 향해 치닫는 것을 생생하게 느끼고 있었기 때문이다.

하지만 그녀는 아무것도 할 수가 없었으며 모든 것을 기개세에게 맡긴 상태였다.

그녀의 체내에서 운공되고 있는 것은 천궁신공이다. 그녀는 천궁신공을 모르지만 기개세의 조종에 의한 것이다.

'오빠를 믿어요!'

소랑은 속으로 외치면서 두 눈을 질끈 감았다.

다음 순간 그녀의 몸에서, 아니, 천령혈 쪽과 회음혈 쪽에서 둔중한 음향이 터졌다.

쿠쿠쿠쿠쿠쿵!

천령혈 쪽에서 아홉 번, 회음혈 쪽에서 열두 번, 도합 스물한 차례의 음향이 터졌다.

그것은 그동안 막혀 있던 임독양맥의 스물한 개 혈도가 뚫렸음을 의미한다.

그 순간 소랑은 정신이 아득해지면서 이렇게 죽는구나 하는 느낌을 받았다.

그러나 잠시가 지나자 아득했던 정신이 점차 살아나면서 임맥과 독맥이 서로 연결되어 공력이 거침없이 왕래하는 것을 느꼈다.

'아아……'

그리고는 온몸과 정신으로 단 한 번도 느껴보지 못했던 더없이 상쾌한 기운이 파도처럼 넘실거리는 것을 느꼈다.

소랑은 꿈을 꾸는 것만 같았다. 모든 무림인들의 영원한 염원인 생사현관의 소통과 환골탈태, 벌모세수를 한꺼번에 이루다니 꿈이 아니고서는 있을 수 없는 일이었다.

"휴우, 이제 운공조식을 해라."

그때 그녀 뒤에서 기개세의 약간 지친 듯한 목소리가 들려왔다.

그 목소리를 듣는 순간 소랑은 이것이 꿈이 아니라는 사실을 깨달았다.

문득 소랑은 기개세를 향한 주체하기 어려운 감격과 사랑을 느꼈다.

소옥군과 나운상은 침상 위에서 반 시진째 운공조식을 하
고 있는 기개세와 소랑을 보고 있었는데, 아직도 놀라움과 감
탄이 사라지지 않고 있었다.

특히 두 여자는 소랑의 백옥처럼 투명한 몸에 감탄을 금치
못하고 있었다.

두 여자는 자신들의 살결이 최상이라고 생각했는데 이제
보니까 소랑의 살결이 더 곱고 매끄러웠다.

그때 기개세가 운공조식을 끝내고 침상에서 바닥으로 내
려서며 입을 열었다.

"군아, 이쪽으로 와라."

소옥군은 영문을 모르고 그를 따라갔고, 그녀 뒤를 나운상
이 따랐다.

기개세는 실내의 넓은 곳 바닥을 가리키며 멈췄다.

"여기에 가부좌로 앉아라."

그 순간 소옥군은 기개세가 자신에게도 생사현관의 소통
과 환골탈태, 벌모세수를 해주려 한다는 사실을 깨닫고 화들
짝 놀랐다.

"옷을… 벗을까요?"

소랑의 경우처럼 자신도 옷을 벗어야 할 것 같다는 생각에
그녀가 부끄러운 듯 묻자 기개세는 고개를 끄덕였다.

"그럼 한결 낫겠지. 옷이 더러워지지 않을 것이고."

그러나 소옥군은 머뭇거렸다. 본의 아니게 알몸을 보인 적은 있지만, 기개세 앞에서 한 번도 제 스스로 옷을 벗은 적이 없는 그녀다.

그녀가 머뭇거리자 뒤에 서 있던 나운상이 앞으로 나서며 기개세에게 물었다.

"그럼 저 먼저 해주세요."

그러면서 거침없이 옷을 훌훌 다 벗어버렸다. 그녀는 소옥군 다음에 자신도 해줄 것이라고 당연히 믿고 있었다.

소옥군은 욕심 부리지 않고 뒤로 물러났다. 누가 먼저든 어차피 기개세가 둘 다 해줄 것이기 때문이다.

젖 가리개와 속곳마저 다 벗은 나운상의 완벽한 나신을 보면서 소옥군은 적잖이 놀라고 또 감탄 어린 표정을 지었다. 또한 그녀의 끝없는 자신만만함이 적잖이 부럽기도 했다.

극도로 지친 기개세는 겨우 침상까지 걸어가서 엎어지더니 그대로 잠이 들어버렸다.

침상에서 약간 떨어진 바닥에는 세 여자 소옥군과 나운상, 소랑이 나란히 앉아서 운공조식을 하고 있었다.

기개세는 나운상에 이어서 소옥군까지 생사현관 소통에 환골탈태, 벌모세수까지 시켜주고 나서 완전히 녹초가 되어 뻗어버린 것이다.

세 명의 실오라기 한 올 걸치지 않은 나신의 아름다운 소녀들이 나란히 앉아서 운공조식을 하는 모습은 천하 어디에서도 구경하기 어려운 광경일 것이다.

더구나 환골탈태와 벌모세수를 이룬 세 소녀의 몸은 옥체(玉體), 바로 그것이라서 그녀들이 있는 곳에는 한 무더기 빛의 덩어리가 내려앉아 있는 듯했다.

소옥군이 왼쪽에, 가운데에는 나운상이, 오른쪽에 소랑이 눈을 지그시 감은 채 오랫동안 운공조식을 하고 있었다.

그녀들은 환골탈태와 벌모세수를 이룸으로써 완전히 새로운 선골옥체와 성체신뇌를 지니게 되었다.

그뿐인가. 생사현관의 소통으로 인해서 세 사람 모두 갑자기 공력이 두 배 가까이, 혹은 그 이상 증진했다는 사실을 운공조식을 통해서 생생하게 느끼고 있었다.

세 여자가 정식으로 기개세의 여자로 인정된 날, 기개세는 그녀들에게 완벽한 여체를 갖게 해주었다.

이윽고 소옥군을 필두로 세 소녀는 차례로 운공조식을 끝내고 눈을 떴다.

그녀들은 제일 먼저 침상에 잠들어 있는 기개세를 한없이 사랑스럽고 고마운 눈길로 바라보았다.

그녀들은 오늘 밤에 완전히 새로운 모습으로 탄생했다. 그녀들을 그렇게 만들어준 사람이 바로 장래 남편인 기개세다.

그때 나운상이 일어나 사박사박 침상으로 걸어갔다.

단단하게 올라붙은 궁둥이가 좌우로 움직이고, 곧게 뻗은 탄력있는 늘씬한 두 다리가 움직일 때마다 종아리와 허벅지에 적당하게 붙은 근육이 꿈틀거렸으며, 잘록한 허리와 꼿꼿한 상체가 제 스스로 은은한 광채를 뿜어내고 있었다.

그녀의 늘씬하면서도 건강미가 넘쳐흐르는 뒷모습을 보면서 소옥군과 소랑은 감탄을 금치 못했다.

하지만 그녀들은 자신들의 몸도 나운상처럼 완벽해졌다는 사실을 미처 깨닫지 못하고 있었다.

나운상은 침상에 엎어져서 잠들어 있는 기개세를 똑바로 눕히고는 옷을 다 벗겨주었다.

그 모습을 보면서 소랑이 나직한 목소리로 설명해 주었다.

"오빠는 옷을 다 벗어야지만 편하게 주무세요."

나운상은 잠자리를 돌봐놓고는 벗어놓은 자신의 옷을 집어들고 소옥군을 바라보았다.

"편히 주무세요."

그러자 소랑도 따라서 일어나 침상 아래에 벗어둔 옷을 집으러 갔다.

그때 소옥군이 일어서며 조용히 말했다.

"함께 자도록 해요."

나운상과 소랑은 깜짝 놀랐다. 소옥군이 그런 말을 하리라고는 예상하지 못했던 것이다.

소옥군은 그녀들이 놀라는 모습을 보면서 아름다운 미소

를 지으며 고즈넉이 말했다.

"우리 세 사람은 똑같이 대가를 사랑하고 또 대가로부터 사랑을 받고 있어요. 그러므로 우린 앞으로 자매처럼 친하게 지내면서 대가를 모셔야 한다고 생각해요."

뜻밖의 말에 나운상과 소랑은 적이 놀라는 표정으로 소옥군을 바라보았다.

"우리끼리 다투지 않고 사이좋게 지내려면 대가를 독점하지 않고 셋이 함께 공유하는 것이 좋겠다고 생각했어요. 욕심이 다툼을 부르는 법이니까요."

나운상과 소랑의 얼굴에 더없이 고마운 표정이 떠올랐다. 그녀들은 소옥군의 배려가 너무도 고마웠다.

만약 소옥군이 독한 마음을 먹고 나운상과 소랑을 기개세에게서 멀어지게 하려 든다면, 그것은 그리 어려운 일도 아닐 터이다.

그런데도 그녀는 오히려 자신이 희생을 하면서 나운상과 소랑에게 똑같은 조건을 제시하고 있는 것이다.

나운상과 소랑은 소옥군의 심성이 너무도 곱고 선하다는 사실을 느끼고 앞으로 자신들은 충심으로 그녀를 따르리라 가슴속으로 결심했다.

"먼저 대가 곁에 누우세요."

침상 가에 나란히 선 세 여자 중에 나운상이 소옥군에게 우선권을 양보했다.

소옥군은 사양하지 않고 침상으로 올라갔다.

나운상과 소랑은 소옥군을 보면서 그녀의 나신이 자신들보다 훨씬 아름답다는 생각을 했다.

소옥군은 기개세의 왼쪽에 그를 향해 가만히 누운 후 손을 그의 가슴에 올렸다.

그러자 두 번째로 나운상이 침상으로 올라가서 기개세의 오른쪽에 누웠다.

마지막으로 소랑은 언제나처럼 그의 몸 위에 다리를 벌리고 엎드리면서 이불을 끌어다 덮었다.

그때 나운상이 고개를 들고 소옥군을 불렀다.

"언니, 대가의 다리 하나를 끌어다가 가랑이 사이에 꼭 끼워보세요."

그리고는 나운상은 기개세의 다리 하나를 끌어다 자신의 허벅지 사이에 깊숙이 끼고는 힘을 꼭 주었다.

이어서 엎드려 있는 소랑의 궁둥이 아래로 더듬어서 소옥군의 손을 잡아 끌어당기고는 가만히 기개세의 음경을 잡게 해주었다.

소옥군의 손이 움찔 놀라서 빼내려는 것을 나운상의 손이 얼른 붙잡아 다시 음경을 잡게 해주었다.

소옥군은 손 안에 가득 느껴지는 기개세의 음경 때문에 심장이 미친 듯이 두근거리고 얼굴이 새빨개졌다. 그렇지만 음경을 놓지 않고 꼭 잡고 있었다.

소옥군은 예전에 남궁산이 춘약으로 자신을 겁탈하려고
했을 때 기개세가 정사를 통해서 자신을 살렸다고 지금까지
도 굳게 믿고 있었다.

하지만 그녀는 의도적으로 기개세의 음경을 잡는다든지,
그의 다리를 자신의 허벅지 사이에 끼운다든지 하는 일은 처
음 있는 일이었다.

나운상은 고개를 들고 빨개진 소옥군의 얼굴을 보면서 의
미있는 미소를 지었다.

"훨씬 좋죠?"

소옥군은 너무 부끄러워서 나운상과 눈도 마주치지 못한
채 더듬거렸다.

"그럼 당신은……."

자신만 기개세의 음경을 잡고 있으면 불공평하지 않느냐
는 배려다.

나운상은 싱긋 미소 지었다.

"염려 마세요. 곧 내 몫이 생길 거예요."

그녀가 말하는 사이에 기개세의 음경이 커져서 소랑의 계
곡을 쿡쿡 찔렀다.

그러자 나운상은 소옥군이 잡고 있는 위쪽 음경을 잡으면
서 눈을 감으며 행복한 중얼거림을 흘렸다.

"이로써 우리 세 사람 모두 만족하게 됐군요."

동이 트기 전에 우림이 기개세의 침실로 급히 찾아왔다.

"주군."

그녀가 침상 가까지 다가와서 부르는데도 너무 피곤한 기개세는 깨어나지 못했다.

지난밤에 세 여자의 생사현관 소통과 환골탈태, 벌모세수를 시켜준 일은 평소 지친다는 말을 모르던 기개세를 반죽음 상태로 만들었던 것이다.

오죽하면 선녀 같은 세 여자와 함께 자면서도 잠든 이후 한 차례도 깨지 않았겠는가.

제일 먼저 소랑이 깨어나 이불을 걷고 부스스 일어났다.

그 바람에 기개세와 소옥군, 나운상 세 사람의 모습이 적나라하게 드러났다.

소옥군과 나운상은 기개세의 팔 하나씩을 나눠서 베고, 또 다리 하나씩 나눠서 허벅지 사이에 끼고 있었으며, 커질 대로 커진 음경은 사이좋게 함께 붙잡고 있는 광경이었다.

평소 오만하고 배짱 좋기로 소문난 우림이지만 그 광경을 보고서는 얼굴이 붉어지지 않을 수 없었다.

"음… 무슨 일이냐, 림아?"

그때 기개세가 힘겹게 눈을 뜨며 졸음이 가시지 않은 목소리로 물었다.

우림은 정신을 번쩍 차리고 빠른 어조로 보고했다.

"삼황사벌이 포섭했던 방, 문파들을 공격하고 있어요."

"삼황사벌이?"

그러자 기개세는 가볍게 놀라며 천천히 일어나 앉았다.

소옥군은 부끄러워서 이불로 몸을 가리고 기개세 뒤에 숨는데, 나운상과 소랑은 태연히 기개세 양옆에 책상다리를 하고 앉았다.

"삼황사벌에게 포섭됐던 방, 문파들 거의 대부분이 자신들이 삼황사벌에게 포섭됐었다는 사실을 모르고 있었던 것으로 드러났어요."

기개세가 벌거벗고 발기한 음경을 한 채 앉아 있지만 우림은 고개를 돌리지 않았다. 그의 알몸을 보는 것이 처음이 아니기 때문이다.

"과연 그렇군."

유당환의 짐작이 옳았다.

기개세는 고개를 끄덕이면서 침상에서 내려섰다.

나운상과 소랑도 따라서 침상에서 내려와 기개세에게 옷을 입혀주었다.

그 광경을 보면서 우림은 보고를 계속했다.

"우리 쪽의 말을 듣고 사실을 알게 된 방, 문파들이 삼황사벌과의 관계를 끊고 오히려 적대적으로 나오자 놈들이 느닷없이 급습을 개시한 것이에요."

옷을 다 입은 기개세는 창 쪽으로 걸어가며 물었다.

"현재 피해 상황은 어떠냐?"

　"천하 도처에서 이미 삼십여 개 방, 문파들이 멸문을 당했
다는 보고입니다."
　"이놈들이 감히……."
　창밖을 쏘아보는 기개세의 이마와 목에 힘줄이 곤두섰고
눈에선 푸르스름한 안광이 뿜어졌다.

第八十九章

천문주와 마도의 대면

大夫
대ㅅ부

대전에는 많은 사람들이 모여 있었다.

단상의 태사의에는 기개세가 앉아 있고, 뒤에는 소옥군과 나운상, 소랑, 소위 기개세의 여자 세 명이 나란히 서 있다.

그리고 단하에는 천검오신위와 천검삼영, 칠대명왕, 천라 대주인 나신효가 도열해 있다.

점잖은 도기운과 나궁조, 담무혁을 제외한 중인은 기개세 뒤에 나란히 서 있는 소옥군 등 세 여자에게서 시선을 떼지 못했다.

소옥군과 나운상이 불과 하루 만에 몰라볼 정도로 더욱 아 름다워졌으며 얼굴에서 은은히 광채가 흘러나오는 것 같았기 때문이다.

또한 그녀들 옆에는 자그마한 체구의 놀랍도록 아름다운 어린 소녀가 서 있었는데, 그녀가 누군지 알 수 없었기 때문이다. 그녀가 온몸이 흉터로 뒤덮였던 소랑일 것이라고는 아무도 짐작하지 못했다.

모두의 시선이 쏠리자 소옥군과 나운상, 소랑은 뿌듯한 행복감을 맛보았다.

"어느 곳이 멸문을 당했는지 보고하라."

그때 기개세가 침묵을 깨고 입을 열었다.

나신효가 쥐고 있던 몇 장의 종이 중에서 한 장을 재빨리 골라서 쥐며 앞으로 나섰다.

"지난 보름 사이에 원인 모르게 멸문이 확인된 방, 문파는 서른두 곳으로써 다음과 같습니다."

그는 종이를 보면서 멸문된 방, 문파를 나열했다.

나신효의 보고를 들은 실내의 사람들은 놀라움을 금치 못했다. 멸문된 방, 문파들이 천하 곳곳에 두루 분포되어 있었기 때문이다.

삼황사벌은 중원으로부터 서쪽에 있다. 더 정확하게 말하자면 중원의 서북방에서 서남방에 걸친 남북 일만여 리와 동서 칠천여 리에 달하는 광활한 산악과 사막, 밀림 지대가 그들의 본거지였다.

삼황사벌이 중원으로 들어오기 위해서는 반드시 섬서성

남부 지역을 거쳐서 하남성 북부 지역인 낙양성 일대를 통과해야만 한다.

즉, 섬서성 북쪽에서 남쪽으로 흐르는 황하나, 섬서성 서쪽에서 동쪽으로 흐르는 위하(渭河)를 따라서 중원에 들어와야 한다는 것이다.

황하와 위하는 섬서성 남단에서 합류하여 동쪽으로 흐르는데, 예로부터 이 두 개의 강을 따라서 중원과 서장의 길이 형성되었다.

그 이외 지역은 지독하게 험난하거나 풀 한 포기 자라지 않는 지역이라서 사람이, 그것도 대규모 집단이 이동하기는 불가능하다.

그래서 천검신문이 낙양성에 거점을 마련한 채 길목을 지키고 있는 것이다.

삼황사벌이 이곳 낙양성을 통과해서 중원으로 들어갔다면 천검신문이 모르고 있을 리가 없다.

이 지역은 천검신문의 감시망이 천라지망처럼 펼쳐져 있기 때문에 불과 몇 명의 수상한 인물이라고 해도 즉시 촉수에 걸려들고 말았을 것이다.

"이것은 불가능한 일입니다. 어떻게 이런 일이……."

무거운 침묵을 깨고 담무혁이 고개를 절레절레 가로저으면서 무겁게 입을 열었다.

그러자 나궁조가 말을 받았다.

“가능성은 하나뿐입니다. 삼황사벌 세력 중에 일부가 중원에 미리 들어와 있었을 것입니다.”

그의 말은 설득력있게 들렸다. 지난번에 마조가 들어와서 설쳤던 것은 융황고수들이 중원에 들어와 있었기에 가능한 일이었다.

“억측일세.”

그때 도기운이 자르듯이 말했다.

“삼황사벌의 일부 세력이 미리 들어와 있었다면, 어떻게 일부 세력 정도로 한꺼번에 서른두 곳의 방, 문파를 멸문시킬 수가 있겠는가?”

“그렇군요.”

나궁조는 수긍하는 듯 고개를 끄덕였다.

그렇지만 삼황사벌의 많은 무리가 들어와 있었다는 것은 아예 거론할 가치가 없다.

그 정도면 족히 수만 명에 이를 텐데, 그들이 그토록 오랫동안 중원 어디에서 머물 수 있었단 말인가.

또한 그 정도로 많은 인원이 이동을 하고 은신을 하고 있었다면 무림인들의 눈에 띄지 않을 수가 없었을 것이다.

실내는 다시 침묵에 빠져들었다. 모두들 골똘히 생각하느라 입을 굳게 다물었다.

사도구련과 낙성검가를 제외한 천검사호문은 천하 도처에 이백여 개에 달하는 문파들을 휘하로 거느리고 있었다.

그것은 곧 그들이 천하에 천라지망을 펴고 있다는 뜻이고, 그 천라지망을 피해서 삼황사벌 세력이 대규모로 이동을 하는 것이 불가능하다는 뜻이었다.

"신효, 삼황사벌에게 포섭됐던 방, 문파들에 대해서 설명을 해봐라."

그때 침묵을 깨고 기개세가 명령하자 나신효가 즉각 보고를 했다.

"알아본 결과 상대가 삼황사벌인 줄 알고서 포섭된 방, 문파는 단 하나도 없었습니다. 그들은 다들 그 지역의 이권이나 세력을 보장해 준다는 유혹에 넘어갔다는 것입니다."

그 정도로 중원무림의 방, 문파들이 두터운 신의를 지니고 있다는 뜻은 아니다.

삼황사벌이 정체를 드러내 놓고 포섭을 했어도 넘어갔을 방, 문파는 더러 있었을 것이다.

물론 절대다수는 넘어가지 않았겠지만 삼황사벌이 내놓은 달콤한 유혹을 뿌리치지 못하는 방, 문파도 극소수쯤은 있었을 것이다.

중원무림이 워낙 방대한 규모이기 때문에 아무리 극소수라고 해도 수십 개 방, 문파가 포섭됐을 것이다.

그러나 삼황사벌은 정체를 드러내지 않았다. 그것은 곧 그들이 필요한 방, 문파는 수십 개 정도가 아니라 그보다 훨씬 더 많은 수라는 뜻이다.

감언이설이든 무엇이든 삼황사벌은 되도록 많은 방, 문파들을 포섭하려고 했다.

그것은 포섭한 방, 문파들이 한 번 쓰고 버리는, 즉 일회용이라는 뜻이다.

"포섭됐던 방, 문파들에게 상대가 삼황사벌이라는 사실을 밝히자 단 하나의 방, 문파도 빠지지 않고 모두 놈들과의 관계를 끊겠다고 단언했습니다."

나신효의 보고 끝에 기개세가 나직이 중얼거렸다.

"그렇다면 삼황사벌은 중원무림 내의 자중지란을 획책하고 있었던 것 같군."

모두의 시선이 기개세에게 집중됐다.

"무림의 어떤 방, 문파라도 평소에 원한을 품고 있는 상대가 하나 이상은 있을 거야. 눈엣가시 같은 존재라서 능력만 있으면 당장 쓸어버리고 싶은 상대 말이야."

도기운이 크게 고개를 끄덕였다.

"그러니까 삼황사벌은 이간질을 시킨 것이로군요. 내가 도와줄 테니까 평소 원한이 있는 방, 문파를 공격해서 멸문시켜버리라고 말입니다. 물론 그 시기는 삼황사벌이 정하려고 했겠지요. 포섭한 모든 방, 문파들이 한날한시에 서로를 공격하도록 말입니다."

"그렇지. 원한이든 흑심이든 그런 것에 눈이 먼 자들은 물불을 가리지 않는 법이야."

기개세가 눈을 빛내면서 표정이 밝아지는 것을 보고 사람들은 그가 뭔가 해결책을 찾아냈다는 사실을 그간의 경험을 통해서 알 수 있었다.

"삼황사벌이 포섭했던 수백 개 방, 문파들이 한날한시에 목표로 삼은 방, 문파들을 일제히 공격한다면 무림에 일대 파란이 일어나겠지. 그리고 그런 뒤숭숭한 상황을 노리고 삼황사벌이 물밀 듯이 중원을 침공한다면 우린 큰 타격을 입게 될 거야."

우지화가 밝은 얼굴로 말했다.

"우리가 놈들의 음모를 두 동강냈으니 화가 날 만도 하군요. 그래서 복수한답시고 포섭했던 방, 문파들을 멸문시키는 것이겠지요."

그녀는 고개를 갸웃거렸다.

"그런데 문제는 그놈들이 도대체 어디에 숨어 있다가 나타나서 배신한 방, 문파들을 공격했느냐는 것이에요."

"신효."

기개세가 나직이 부르자 나신효가 공손히 허리를 굽혔다.

"하명하십시오."

"멸문한 서른두 개의 방, 문파들이 혹시 절강성이나 강소성, 산동성, 하북성에 몰려 있지 않느냐?"

나신효는 종이에 적힌 것을 자세히 들여다보고 나서 놀란 얼굴로 대답했다.

"그렇습니다. 서른두 개 중에서 스물다섯 개 방, 문파가 주군께서 말씀하신 네 개 성(省)에 몰려 있습니다."

기개세는 고개를 끄덕였다.

"그렇다면 나머지 일곱 곳은 안휘성과 강서성, 하남성 동쪽 지역에 있는 방, 문파겠군."

다시 종이를 확인하던 나신효가 깜짝 놀라 대답했다.

"그렇습니다. 일곱 중에서 안휘성이 네 곳이고 강서성이 두 곳, 나머지 하나가 하남성 동쪽 지역과 하북성의 경계인 고성현(考城縣)에 있는 방파입니다."

모두들 기개세가 어떻게 그렇게 정확하게 알아맞혔는지 적잖이 놀란 얼굴로 그를 쳐다보았다.

기개세는 짧은 말로 모두의 궁금증을 풀어주었다.

"배야."

하지만 그 말만으로는 모두의 궁금증이 풀어지지 않았다, 두 사람을 제외하고는.

기개세 뒤 한가운데 서 있는 소옥군이 은쟁반에 옥구슬 굴러가는 듯한 영롱한 목소리로 입을 열었다.

"삼황사벌은 여러 척의 배, 즉 거선을 이용해서 무리지어 이동을 했군요. 절강성과 강소성, 산동성, 하북성은 모두 동해에 면해 있으므로 배가 바닷가에 정박한 후 육로를 이용했다면 하루나 이틀 안에 목적한 방, 문파에 당도할 수 있었을 거예요."

　기개세와 나운상을 제외한 모두의 얼굴에 아! 하는 감탄의 표정이 가득 떠올랐다.

　이번에는 소옥군의 말을 나운상이 받았다.

　"삼황사벌의 본거지는 서장의 북쪽 끝에서 남쪽 끝 운남성 접경 지역까지 이어져 있어요. 남쪽 접경 지역에서 운남성을 관통하여 남해 바닷가에 이르는 길은 길어봐야 불과 사나흘 거리예요. 놈들은 필경 밀림 지역인 운남성을 지나 바닷가에 이르러 여러 척의 거선을 마련해서 그것으로 중원까지 이동했을 거예요."

　아귀가 딱딱 맞아떨어지는 추리다. 반박의 여지가 없다.

　과연 나운상과 소옥군은 대정숙을 만점과 차점으로 입교한 수재다웠다.

　만약 그 당시에 기개세가 없었더라면 소옥군이 만점으로 입교했을 것이다.

　나운상의 말을 다시 소옥군이 받았다.

　"삼황사벌은 배로 이동하여 동해안에 면한 절강성과 강소성, 산동성, 하북성의 방, 문파들을 공격하는 한편, 장강을 타고 거슬러 올라 안휘성의 방, 문파들을 공격했으며, 자신들이 배로 이동한 것을 들키지 않기 위해서 장강을 더 깊숙이 거슬러 올라 안휘성을 지나 강서성의 두 개의 방파를 멸문, 다시 황하를 거슬러 올라 하남성과 하북성의 접경 지역 고성현의 방파를 멸문시키는 치밀함을 보였어요."

날카로운 분석이 아닐 수 없다.

소옥군은 희고 긴 손가락 하나를 세웠다.

"하지만 삼황사벌은 한 가지 실수를 저질렀어요. 그들이 멸문시킨 서른두 개의 방, 문파들이 위치한 지역이 모두 배로 접근할 수 있다는 사실이에요. 그것을 우리가 밝혀낼 줄은 몰랐을 거예요."

그때 실내로 옥마제와 혈마제, 적마제 세 사람이 들어섰다.

그들은 기개세에게 부복하여 예를 취한 후 대열에 합류하여 나란히 섰다.

자신들의 등장으로 대화가 끊어지자 그들은 조금 미안한 표정을 지었다.

그러자 혈마제 춘몽이 대열에서 나와 천천히 기개세 쪽으로 걸어오며 예의 요염한 미소를 지으며 입을 열었다.

"얘기는 밖에서 다 들었어요. 그렇다면 이제 어떻게 놈들을 때려잡느냐는 것만 남았군요."

이들 세 명은 대화 도중에 불쑥 들어올 수가 없어서 밖에서 여태 기다리면서 실내의 대화를 듣고 있었던 것이다.

"좋은 방법이 있느냐?"

기개세가 묻자 춘몽은 단상으로 올라와 여느 때처럼 태사의 팔걸이에 풍만한 궁둥이를 얹고는 기개세 어깨에 팔까지 걸치고 교소를 흘렸다.

"호호홋! 아주 간단한 방법이 있지요."

그때 나운상이 슬쩍 소옥군을 쳐다보았다. 춘몽의 오만무례한 행동을 어떻게 할 것이냐고 묻는 것이다.

소옥군은 가볍게 고개를 끄덕였다. 처리하라는 뜻이다.

춘몽이 다음 말을 잇기 전에 나운상의 차가운 목소리가 실내를 울렸다.

"당장 아래로 내려가세요."

춘몽은 상체를 비틀어서 뒤를 돌아보며 요염함이 철철 흐르는 표정과 목소리로 물었다.

"방금 나보고 한 말이에요?"

나운상의 아름다운 얼굴이 싸늘함으로 물들었다.

"그래요. 지금 당장 의자에서 궁둥이를 떼고 아래로 내려가라고 했어요."

"호오, 주군께서도 가만히 계시는데 젊은 아가씨가 무슨 권한으로 그런 말을 하는 건가요?"

"그럴 만하니까 말하는 거예요."

춘몽의 눈과 입가에 웃음기가 짙어졌다. 일이 재미있어진다는 표정이다.

"호호홋! 그렇게 못하겠다면?"

"뜨거운 맛을 보여주는 수밖에!"

날카로운 외침과 함께 나운상이 춘몽을 향해 손을 뻗어 기개세의 어깨에 얹은 그녀의 팔을 잡아갔다.

슈욱!

"어딜 감히!"

춘몽은 왼팔을 여전히 기개세 어깨에 얹은 채 오른손을 번개같이 뻗어서 나운상의 팔을 후려쳐 갔다.

휘익!

나운상은 그럴 줄 알았다는 듯 뻗어가던 손의 방향을 바꿔 춘몽의 머리를 잡아 나갔다.

춘몽의 얼굴에 가소롭다는 표정이 스쳤다. 그녀는 나운상이 천검사영의 한 명이라는 사실을 알고 있었다.

하지만 그래 봐야 이제 막 대정숙을 수료한 풋내기일 것이라고 생각했다.

나운상의 생사현관이 소통되어 공력이 두 배 이상 증진됐다는 사실을 모르고 있는 것이다.

춘몽은 왼팔을 여전히 기개세 어깨에 얹은 채 고개를 뒤로 젖히는 동작으로 나운상이 잡아오는 손을 간단하게 피하려고 했다.

콱!

"앗!"

그러나 춘몽이 고개를 뒤로 젖히기도 전에 나운상의 손이 그녀의 머리카락을 와락 움켜잡았다. 그것은 아무도 예상하지 못했던 결과다.

그 순간 춘몽은 기개세 어깨에 얹고 있던 왼팔을 반사적으로 나운상을 향해 뿌리치듯 뻗었다. 머리카락을 움켜잡혔기 때문에 앞뒤 가리지 않는 초식이 전개된 것이다.

스사아아—

그러자 춘몽의 소매 속에서 두 개의 핏빛 물체가 번개같이 뿜어져 나운상의 상체로 쏘아갔다.

춘몽의 성명암기인 혈접비화가 발출된 것이다. 그녀는 그 것으로 지금껏 백 명 이상의 목숨을 빼앗았다.

춘몽과 나운상의 거리는 채 반 장도 되지 않을 만큼 가까운데, 혈접비화가 발출되자 순식간에 나운상의 한 자 앞까지 쇄도했다.

춘몽은 언제든지 마음먹은 대로 혈접비화의 방향을 바꾸거나 회수할 수 있기 때문에 나운상을 식겁하게 만들고는 즉시 거두어들이려는 속셈이었다.

슈와아—

그런데 믿어지지 않게도 나운상이 상체를 뒤로 완전히 젖히면서 간단하게 혈접비화를 피하는 것이 아닌가.

그러나 그 바람에 그녀가 움켜잡고 있던 춘몽의 머리카락을 잡아 뜯게 되었다.

"아악!"

뭉텅 뽑힌 머리카락과 춘몽의 찢어지는 듯한 비명이 난무하는 가운데 나운상은 허리를 뒤로 젖힌 자세에서 발뒤꿈치를 축으로 삼아 재빨리 빙글 반회전하면서 재차 춘몽을 공격해 갔다. 실로 눈부신 공격의 전환이었다.

"이년!"

춘몽은 더 이상 참지 못했다. 그녀는 벌떡 일어나면서 전력을 다해 일장을 발출하며 나운상에게 반격했다.

휴웅!

그러나 일장은 나운상의 귓가를 스쳐 지나갔고, 대신 그녀의 오른손 주먹이 아래에서 위로 빛처럼 쏘아 올랐다.

뻐걱!

"악!"

나운상의 주먹이 턱에 작렬하자 춘몽의 몸이 둥실 허공으로 솟구쳤다.

탓!

그 순간 나운상은 발끝으로 바닥을 가볍게 박차면서 허공으로 뛰어오르며 오른발을 뻗었다.

퍽!

"크윽!"

그녀의 발뒤꿈치가 춘몽의 풍만한 젖가슴을 짓이겼다.

춘몽이 입에서 피 화살을 뿜으면서 쏜살같이 뒤로 튕겨 날아가는 것을 옥마제가 신형을 날려 가볍게 받은 후에 바닥에 내려섰다.

나운상과 춘몽의 한판 드잡이는 너무 빨라서 한차례 호흡을 하기도 전에 시작하고 끝이 났다.

더구나 나운상이 보여준 일련의 솜씨는 지독하게 빨라서

제대로 볼 수도 없었다.

실내의 사람들은 나운상이 춘몽을 격퇴시켰다는 사실에 놀라움을 금치 못했다. 누가 보더라도 나운상은 춘몽보다 두어 수 아래였기 때문이다.

춘몽은 옥마제 품에서 버둥거리며 이를 갈았다.

"나를 내려줘요. 내 당장 저년을 찢어 죽여야겠어요!"

옥마제가 어정쩡하게 춘몽을 내려주자 그 즉시 그녀는 양손을 떨쳐 십여 개의 혈접비화를 모조리 나운상을 향해 발출하면서 덮쳐 갔다.

"멈춰요."

그때 소옥군이 조용한 어조로 입을 열었다.

쐐애액!

그러나 이미 발출된 십여 개의 혈접비화는 나운상의 온몸으로 쏘아가고 있는 상황이었다.

순간 소랑이 재빨리 오른손을 전면을 향해 뻗었다.

그러자 핏빛 가느다란 빛줄기가 십여 개의 혈접비화를 향해 쏘아갔다.

채채채채쟁!

그리고는 날카로운 음향과 함께 십여 개의 혈접비화는 모조리 튕겨져서 사방으로 흩어졌다.

그러나 사람에게는 피해를 입히지 않고 모두 사방 벽에 꽂혀 버렸다.

척!

소랑의 손에 하나의 핏빛 비수가 잡혔다. 그녀의 자랑거리 중의 하나인 요혈비다.

어제의 소랑이었다면 춘몽의 혈접비화를, 그것도 십여 개씩이나 한꺼번에 튕겨낼 수 없었을 것이다. 이 모든 것이 생사현관의 소통 덕분이다.

춘몽은 더 이상 발작하지 못하고 어이없다는 얼굴로 나운상과 소랑을 쳐다보았다.

그때 나운상이 냉랭하면서도 또렷한 어조로 입을 열었다.

"주모(主母)께서 하실 말씀이 계시답니다."

'주모' 라는 말에 모두들 적잖이 놀라는 표정을 지었다. 이 자리에서의 '주모' 는 천문주의 정실부인을 뜻한다.

이윽고 소옥군이 천천히 걸어나와서 기개세 옆에 다소곳이 섰다. 그것은 자신이 바로 천문주의 정실부인, 즉 '주모' 라는 뜻이다.

소옥군의 더없이 우아하면서도 고결한 자태에 중인은 적이 감탄을 금치 못했다.

실내에서 그녀가 누군지 모르는 사람은 춘몽뿐이었다.

소옥군은 좌중을 천천히 둘러보고 나서 춘몽에게 시선을 고정시키고는 청아한 목소리로 입을 열었다.

"주군께 무례한 행동을 하지 마세요."

그 말뿐이었다. 하지만 그 말속에 함축된 많은 뜻을 중인은 충분히 알아들었다.

그리고 백 마디 말보다 그 한마디면 족했다. 그 말은 중인의 뇌리에 깊숙이 각인되었다.

소옥군은 이렇게 천문주의 정실부인으로 정식으로 전면에 자태를 드러냈다.

나운상과 소랑은 소옥군의 위엄과 고결한 자태, 그리고 그로 인해 중인이 압도당하는 것을 보고 마치 자신들의 일인 양 흐뭇해서 가슴을 내놓고 어깨를 으쓱거렸다.

그때 누구보다도 소옥군의 등장을 기뻐하는 기개세가 입을 함지박처럼 벌리면서 소옥군의 손을 잡으며 한마디 했다.

"헤헤… 우리 마누라야."

그러자 좌중에 찬바람이 쌔애하게 감돌았다.

춘몽은 요염하고 또 거침없는 성격이지만 우둔하지는 않았다. 그녀는 지금 상황을 재빠르게 판단했다.

주모 면전에서 주군의 태사의에 앉고 또 그의 어깨에 팔을 걸친 행위는 죽어 마땅한 것이다. 그녀는 자신이 큰 실수를 했음을 깨달았다.

머리카락이 뭉텅 빠진 곳에서 피가 흘렀고, 얻어맞은 턱이 발갛게 퉁퉁 부었으며, 걷어 채인 앞가슴이 쪼개지는 듯이 고통스러웠으나, 춘몽은 천천히 앞으로 나서 소옥군을 향해 공손히 부복했다.

"속하의 잘못을 주모께서 너그럽게 용서해 주세요."

춘몽 등이 원래부터 천문주의 수하가 아니라 임시로 수하가 되었다고 해도 주군은 분명히 주군이고 주모는 어디까지나 주모였다.

천문주의 진짜 수하들과 다른 충성을 보인다면, 그에 상응하는 대접을 받는다고 해도 아무런 할 말이 없을 것이다. 차별을 당하지 않으려면 확실하게 수하 노릇을 해야만 한다.

"일어나세요. 모르고 한 일은 죄가 되지 않아요."

"감사합니다."

소옥군이 용서하자 춘몽은 조심스럽게 일어나 한옆으로 물러났다. 그러면서 소옥군의 얼굴에서 시선을 떼지 않고 있다가 불쑥 물었다.

"혹시 주모께서는 천하제일미인 천궁선이 아니신가요?"

소옥군은 섬섬옥수로 입을 가리며 웃었다.

"천궁선은 맞지만 천하제일미는 아니에요."

원래 소옥군과 나운상이 천하이미로서 미명을 날리고 있다는 것은 무림인이라면 다 아는 사실이다.

그런데 춘몽은 나운상을 쏙 빼버리고 소옥군을 천하제일미로 치켜세우면서 은근히 나운상에게 당한 복수를 하고 있는 것이다.

소옥군이나 나운상, 그리고 중인이 그런 춘몽의 의도를 모를 리가 없었다.

춘몽은 정색을 하고 엄지손가락을 치켜세웠다.

"그렇지 않아요. 주모의 절색 미모야말로 가히 천상천하제일미라고 불려도 손색이 없어요. 별것도 아닌 것들이 주모의 미명을 더럽히려고 하는데, 그야말로 서시빈목(西施矉目)이지요. 참새가 황새를 따라 하려다간 가랑이가 찢어지는 법이에요."

노골적으로 나운상을 겨냥한 독설이다.

서시빈목. 춘추시대 월나라의 미녀 서시가 병이 생겨서 눈썹을 찡그렸는데 그 모습조차도 너무 아름다워서 추녀가 그것을 따라 하니 더욱 추하게 보였다는 뜻이다.

춘몽은 졸지에 나운상을 추녀로, 그리고 가랑이 찢어지는 참새로 전락시켜 버린 것이다.

성격이 차갑고 오만한 나운상의 인내심은 거기까지였다.

"오냐. 주군의 두 번째 부인이 옥군 언니보다 못생긴 사실은 인정한다마는, 가랑이 찢어지기 전의 참새가 얼마나 독한지 한번 맛보겠느냐?"

춘몽은 눈을 동그랗게 뜨며 놀랐다. 나운상의 '주군의 두 번째 부인'이라는 말 때문이었다.

'아이고! 오늘 내가 왜 이렇게 운이 없는 거지?'

춘몽은 그 자리에 폭삭 엎드리며 고개를 조아렸다.

"천하이미 중 한 분이신 강북천봉께 대죄를 범했습니다. 원래 미인은 자비롭다고 했으니 부디 한 번만 용서해 주세요."

그녀의 새빨간 주둥이는 마지막까지도 쉬지 않았다.

그때 소옥군이 방그레 미소 지으면서 주위를 환기시켰다.

"대가, 저저(姐姐)의 계획을 들어봐야지요?"

'저저'란 큰누님, 혹은 큰언니에 대한 호칭이다. 그 말에 춘몽은 와락 감동이 밀려들어 나운상에게 당한 일들이 봄날에 눈 녹듯이 사라지는 것을 느꼈다.

중인은 방금 소옥군의 말에서 그녀가 위엄을 내세워 격식이나 따지지 않고, 때로는 부드럽고 유화적인 성품을 지녔다는 사실을 깨달았다.

"몽아."

"네, 주군."

기개세가 부드러운 목소리로 부르자 춘몽은 입가의 피를 손등으로 닦으면서 언제 그랬느냐는 듯 방실방실 미소 지으며 대답했다.

천검오신위를 비롯한 좌중의 사람들은 소옥군으로 인해서 크게 고무되었다.

춘몽의 계획은 기개세에 의해서 전격적으로 받아들여졌다.

삼황사벌이 운남성 남해의 포구에서 여러 척의 거선을 나누어 타고 많은 무리가 중원의 동해로 이동했다는 가설하에 그녀의 추리는 이러했다.

중원에서 그 정도 거선을, 그것도 여러 척을 소유하고 있는 곳은 대규모 상단(商團)이나 수군(水軍)뿐이다.

삼황사벌이 수군의 군선(軍船)을 이용했을 가능성은 매우 희박하다.

반면에 상단의 상선이라면 그보다 훨씬 손쉬울 것이다. 돈이면 해결될 테니까, 아니면 강압적으로라도.

그러므로 그 정도 거선을 여러 척 보유하고 있는 상단을 수소문해 보고, 그들 중에서 어느 상단의 배가 삼황사벌에 의해서 이용됐는지 알아내는 것은 그리 어려운 일이 아니었다.

그것만 알아낼 수 있으면, 그 상선들의 특징과 겉모습, 운이 좋으면 어디에 있는지 위치까지도 파악이 가능할 것이다.

상단이란 원래 자신들의 배에 대해서 위치 파악을 철저하게 하는 관행이 있기 때문이다.

삼황사벌은 배신한 방, 문파들 중에서 고작 서른두 개를 멸문시킨 것으로는 성에 차지 않을 것이다. 그렇기 때문에 아직 배에 타고 있을 가능성이 크다.

기개세의 눈은 정확했다.

춘몽은 탁월한 두뇌의 소유자가 분명했다.

하지만 춘몽의 계획은 기개세의 계획이기도 했다.

춘몽이 등장하기 전에 기개세는 삼황사벌이 배를 이용했

을 것이라고 간파했다.

그리고 그에 따른 한 가지 계획을 세웠는데, 그것을 춘몽이 똑같이 생각하고 있었던 것이다.

춘몽이 계획한 일은 그것만이 아니었다.

그녀는 옥마제, 적마제와 함께 한동안 마도를 돌아다니다가 돌아왔다.

천검신문 내에서 마도인은 자신들뿐이기 때문에 마도 쪽 일은 어떻게든 자신들이 해결하고 싶었기 때문이다.

춘몽 등 세 사람은 이번에 제법 큰일을 성사시키고 돌아왔다. 그것은 기개세로서는 기대하지 않았던 성과였다.

춘몽 등은 발품을 팔아서 일일이 마도오세를 돌아다니며 굵직굵직한 마도인들을 두루 만나고 온 것이다.

그 결과 몇 가치 중요한 사실을 알게 되었다.

삼황오세가 이미 마도오세 모두에게 손길을 뻗쳤으며, 그 중 혈룡궁과 대마방(大魔幫) 두 곳은 확실하게 삼황사벌 쪽으로 기울어졌다.

그리고 십마부(十魔府)는 아직 결정을 내리지 못했으나 넘어갈 가능성이 컸다.

마도오세의 남은 두 곳인 오악루(五惡樓)와 마군림(魔軍林)은 삼황사벌의 손길을 일단 뿌리친 상태다.

하지만 마도오세 중에 세 곳이 넘어가고 자신들만 남게 되면, 오도 가도 못하는 신세가 돼버릴까 봐 속을 끓이고 있는 중이었다.

그래서 춘몽 등은 그들 오악루와 마군림에게 천검신문의 출현에 대해서, 그리고 자신들이 혈룡궁을 등지고 천문주 휘하에 들어갔다는 사실을 털어놓았다.

십마부는 열 명의 마존(魔尊), 즉 십마존(十魔尊)이 모여서 이룬 방파다.

그런데 그중에서 네 명이 삼황사벌과 손잡는 것을 반대하고 있는데, 오래 버티기가 어려운 실정이었다.

그래서 춘몽 등은 오악루의 루주와 마군림의 림주를 비롯한 두 방파의 실세들, 그리고 십마부에서 삼황사벌 반대파인 네 명의 마존을 한자리에 모아놓고 그곳에 기개세가 왕림해주기를 원했다.

그들 마도인들은 춘몽 등이 말한 천검신문의 출현을 제대로 믿지 않고 있는 상황이었다.

그렇기 때문에 기개세가 그들 앞에 나서서 자신이 천문주임을 밝히면 만사 순조롭게 풀릴 것이라는 게 춘몽과 옥마제 등의 예상이었다.

원래 마도는 지금으로부터 삼백구 년 전에 제팔대 태문주인 절대검황 독고성에게 패한 후에 '이 땅에 천검신문이 존재하는 한 절대로 천하제패를 꿈꾸지 않겠다' 라는 약속을 했다.

그 당시에 살아남은 마도의 잔존 세력이 바로 마도오세다.

낙양성과 개봉성 사이 황하 변에 광무(廣武)라는 꽤 번성한 현이 있었다.

광무현 외곽의 황하 변 깎아지른 절벽 위에 백화각(百花閣)이라는 매우 규모가 크고 유명한 삼 층 기루가 웅장하게 자리를 잡고 있다.

지금 백화각 입구에 아홉 사람이 나타났다.

성큼성큼 걷고 있는 기개세를 위시해서, 그 옆에서 나란히 걷는 나운상, 그리고 뒤에는 천검사신위와 옥마제, 적마제가 따르고 춘몽은 기개세 앞에서 길을 인도하고 있었다.

오늘 저녁에 백화각은 손님을 일체 받지 않는다. 기개세를 만나려는 마도인들이 통째로 빌린 때문이다.

기개세는 춘몽을 따라서 백화각 입구를 통해 거리낌없이 안으로 들어갔고, 일행이 그 뒤를 따랐다.

백화각 주변 백 장에서 천 장 내에는 사무영대(四無影隊), 즉 도격의 우무영대와 우림의 좌무영대, 담신기의 전무영대, 나운상의 중무영대 도합 사백 명이 요소요소에 은신한 채 대기하고 있는 상태다.

기개세가 번거로우니까 그럴 필요 없다고 했으나 천검총군주 도기운이 '천문주의 안전을 위한 조치' 라면서 뜻을 굽히지 않았다.

기개세는 춘몽과 옥마제, 적마제를 믿지만 도기운은 천검 신문 사람 외에는 아무도 믿지 않는 사람이었다.

만약 이것이 마도의 함정이라면, 혹시 삼황사벌의 사주를 받아 꾸며놓은 음모라면, 은밀하게 배치시켜 놓은 사무영대 사백 명만으로는 턱없이 부족하다는 것이 도기운의 일관된 생각이었다.

백화각 안은 춘몽을 안내하는 한 명의 하녀뿐, 사람은 아무도 보이지 않았다.

저벅저벅.

기개세 일행이 계단을 오르는 발자국 소리만 간단없이 적막을 깨고 있다.

그들이 안내된 곳은 삼층이며, 백화각에서 가장 큰 방이다.

문 앞에서 기개세가 멈추자 춘몽이 먼저 문을 열고 안으로 들어갔다.

이어서 문을 활짝 열어놓은 상태에서 바깥에 있는 기개세에게 공손히 허리를 굽혔다.

"들어오시지요."

기개세는 천천히 걸음을 옮겼다. 긴장된다거나 두려움 같은 것은 추호도 없다. 그저 약간의 호기심과 흥미를 느끼고 있을 뿐이다.

실내에서는 숨소리조차 들리지 않았다. 그것은 실내에 있는 사람들 모두가 극도로 긴장하고 있다는 뜻이었다.

　기개세는 마치 산책을 나온 사람처럼 여유있는 걸음을 옮기며 전면의 실내를 느릿하게 둘러보았다.

　각양각색의 인물 십오륙 명이 전면과 좌우에 각각 다섯 명씩 나누어 앉아 있었다.

　그들은 기개세가 들어서는데도 앉은 채 꼼짝도 하지 않고 그를 주시하고 있었다.

　기개세는 그들에게서 낯선, 그러나 강렬한 기운을 느꼈다.

　그것은 바로 마도인만이 갖고 있는 마도지기(魔道之氣)다.

　우둑 서 있는 기개세 뒤에는 나운상과 천검사신위, 그리고 춘몽과 옥마제, 적마제가 서 있었다.

　실내에는 금방이라도 폭발할 듯한 팽팽한 긴장감이 감돌았다.

　이것은 삼백구 년 만에 이루어진 천문주와 마도의 대면이다.

『대사부』 제9권에 계속…

내일을 기약할 수 없는 땅, 천산.
소녀로부터 은자 한 닢의 빚을 진 소년 용악.
청년이 된 용악은 천산의 하늘이 된다.

하늘을 가르고 땅을 뒤엎는다!
한 호흡에 만 개의 벽(壁)!!
지금껏 내게 이빨을 드러낸 것들은 모두 죽었다.

은자 한 닢의 빚을 갚으며 시작된 십천좌들과의 승부.
오너라! 천산의 제왕, 천산마제가 여기 있다!

Book Publishing CHUNGEORAM
풍림화산
임영기
新무협 판타지 소설
천당에서 지옥으로 질풍노도처럼[風] 거지에서 대살수로 웅크린 숲처럼[林]
복수의 화신으로 불길처럼[火] 악마에서 영웅으로 거대한 山이 된다.
풍림화산(風林火山)
한 사나이의 파란만장한 대역정이 웅장하고 장렬하게 펼쳐진다.
유행이 아닌 자유추구 -
WWW.chungeoram.com
Book Publishing CHUNGEORAM